I0553171

Ab in den Himalaya!

Auf störrischen Motorrädern durch Indien und Nepal

von Mario & Martina Steiner

Impressum

© Text und Fotos: Mario & Martina Steiner

© Coverfoto: Mario & Martina Steiner

© Karte: Source: OpenStreetMaps

© Reisebuch Verlag 2019

Parkstraße 16

D-24306 Plön

Alle Rechte vorbehalten

Reisebücher in Print und Digital - Reisecontent

www.reisebuch-verlag.de

verlag@reisebuch.de

ISBN: 978-3-947334-26-1

Eine ergänzende Foto-Galerie zu diesem Himalayareisebuch finden Sie zum komfortablen Durchklicken unter:
https://reisebuch.de/reiseziele/himalaya.html

Die gefährlichste aller Weltanschauungen ist die Weltanschauung der Leute, welche die Welt nicht angeschaut haben.

Alexander von Humboldt

Karte der Reisestrecke und

der wichtigsten Stationen

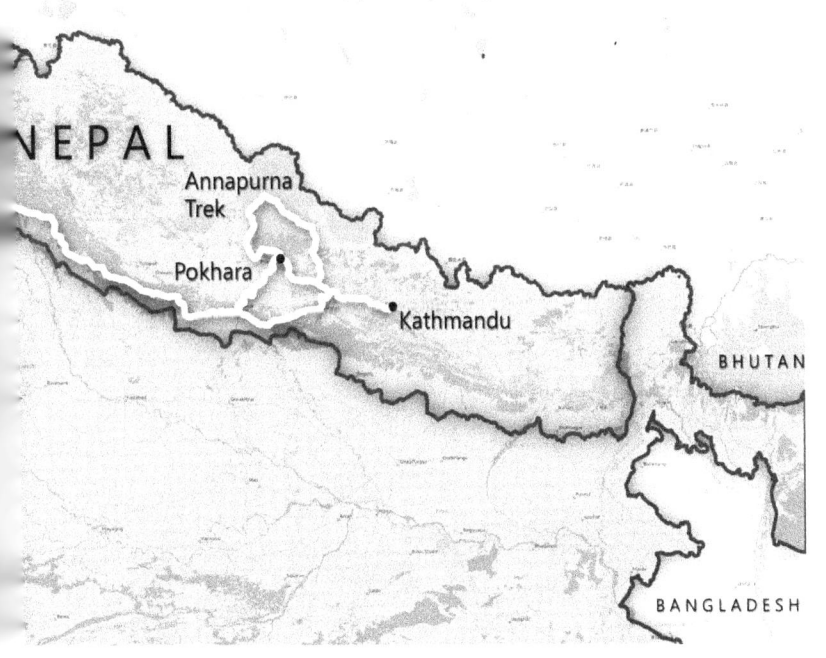

CHINA

NEPAL

Annapurna
Trek

Pokhara

Kathmandu

BHUTAN

BANGLADESH

Inhaltsverzeichnis

Vorgeschichte	8
New Delhi	9
Karol Bagh	14
Reisetipp: Indien als Therapie!	19
Vom Kulturschock nach Norden	20
Chandigarh - चंडीगढ़	30
Familienbesuch	33
Amritsar - Harmandir Sahib	39
Wachablöse	45
Letzte Station vor den Bergen	47
Kaschmir	59
Srinagar	59
Endlich richtig Himalaya	62
Kargil	65
Ladakh	68
Leh	68
18.380 Fuß	80
Manali - Leh Highway	85
Spiti Valley	97

Shimla 129

Auf nach Nepal 133

Haridwar 137

Zur Grenze 146

Endlich Nepal 151

Pokhara 154

Annapurna Trek 159

Katmandu 178

Zurück in die Abwechslung 183

Letzte Etappe 187

Unheilbar krank 197

Vorgeschichte

Es sollte eigentlich eine Weltreise auf den eigenen Motorrädern werden, der Traum aller Motorradliebhaber. Die Rechnung wurde jedoch ohne die (nicht so netten) Nachbarstaaten im Mittleren Osten gemacht. Die gestellten Visaanträge werden kurzerhand abgelehnt. Das führte uns, Martina und mich, Mario, im Sommer 2014, ohne jegliche Vorbereitung und ohne Motorräder, direkt nach Indien. Auf einem Markt in New Delhi organisierten wir uns gebrauchte Royal Enfield Motorräder, mit denen wir zu einem Abenteuer quer durch den Himalaya aufbrachen.

Die Motorräder waren von unseren Plänen jedoch nicht so begeistert. Nur widerspenstig fuhren sie uns über die höchsten Pässe und gefährlichsten Straßen der Welt. Dennoch überquerten wir mit ihnen atemberaubende Hochebenen, trieben sie in entlegene Täler. Im Gegenzug brachten sie uns zuverlässig ins Krankenhaus. In Nepal beschlossen wir, den Himalaya auch zu Fuß zu erkunden. Wäre es etwa möglich, das Everest Base Camp (mit Motorrädern) zu erreichen?

New Delhi

Es ist nicht das Ziel, wo du endest, sondern bei den Missgeschicken und Erinnerungen, welche du auf dem Weg sammelst. - Penelope Riley

Sichtlich angeschlagen sitze ich schwach und vom Schüttelfrost gebeutelt in einer kleinen Kammer, einer stickigen, schmuddeligen Arztpraxis auf gefühlten zwei Quadratmetern. Die Hitze ist erdrückend. Wir sind umgeben von Straßenlärm, fremden Gerüchen und unangenehm vielen Leuten. Ja, Leute sind überall. Sogar hier, in dem winzigen Behandlungszimmer. Hochsommer in New Delhi.

Um mich vom Fieber abzulenken, betrachte ich die von Schmutz verkrusteten Möbel. Kann verkrusteter Schmutz von selbst auf Tischbeinen und Wänden „wachsen"? Oder tragen die Leute diesen extra auf, um der Umgebung einen authentischen Look zu geben? Dieser durchaus interessanten Frage hänge ich nach, als endlich der Arzt, im weißen Kittel, mit strahlendem Gesicht und den Laborergebnissen in der Hand, die Kammer betritt. „No Malaria - only a little bit of typhus!", verkündet er mir. Typhus? Sehr beruhigend, genau das hat mir noch gefehlt. Der Arzt bleibt trotzdem gut gelaunt. In Indien ist man offenbar sehr genügsam, man freut sich über jede Kleinigkeit, auch wenn es nur ein wenig Typhus ist. Die Abgeschlagenheit und Müdigkeit sind nach dem Befund auf einen Schlag wie fortgeweht, die Augen weit geöffnet. Tausend Sachen schießen mir durch den Kopf. Wo kommt der strahlend weiße Mantel her? Es gibt in der ganzen Stadt kein sauberes Wasser, keine saubere Stelle. Warum Typhus? Ich hatte mich auf Malaria untersuchen lassen; es ist Malaria Hochsaison und meine Symptome schließen eine Infektion nicht aus, aber Typhus? Naja, auf jeden Fall keine Malaria, das ist ja schon nicht schlecht. Der Arzt versicherte mir noch, dass „a little bit of typhus" kein Problem sei. Das hat ja jeder hier und schon schickt er uns wieder hinaus, in das Gedränge der Straßen von New Delhi. Ich werfe unsere „Notration" Antibiotika ein, die mein Zahnarzt mir, als er von der geplanten Tour erfuhr, noch am Tag vor der Abreise, zusteckte. Ich muss rasten, muss mich erholen. Reisen ist nicht Urlaub! Dass meine Infektion keine Malaria sein konnte, war unserem Zimmernachbar schon am Vortag klar. Er klärte uns auf, Malaria bekommt man nur, wenn man sich nicht gut wäscht; für uns sei Malaria also kein Problem. Wie beruhigend. Seine Aufklärung ließ uns vor Verwunderung sprachlos werden.

Welcher Teufel hat uns geritten? Wir tauschen die Annehmlichkeiten des Paradieses auf Erden - der Steiermark - gegen die Anstrengungen und Gefahren einer Abenteuerreise durch den Himalaya! Die Frage ist nicht ganz einfach zu beantworten. Speziell nicht, wenn man nüchtern ist. Am besten fangen wir ganz am Anfang an, also nicht ganz am Anfang. Adam und Eva lassen wir mal weg…

Martina und ich hatten das Glück, von unseren Firmen freigestellt zu werden, um uns einen Traum zu verwirklichen. Den Traum einer Motorrad Weltreise. Genauso, wie damals die Ikonen der Motorradgeschichte, Carl Stearns Clancy (1912) oder Robert E. Fulton (1932), es vorgemacht hatten. Einfach aufsitzen und das Abenteuer auf sich zukommen lassen. Keine Zeitpläne sollten uns kümmern, keine Grenzen sollten uns aufhalten. Freiheit und Abenteuer in ihrer reinsten Form. Beim Organisieren der Visa zeigte sich jedoch, dass das Antreten einer Reise heute nicht mehr so einfach und unbeschwert zu bewerkstelligen ist wie anscheinend noch vor 100 Jahren. Aufgrund der Situation im Nahen Osten wurden uns, von den jeweiligen Botschaften in Wien, die Visa für Iran und Pakistan, mit dem Hinweis auf die gegenwärtig brisante Situation, verwehrt. Für die Organisation von Dokumenten für Alternativrouten blieb leider zu wenig Zeit. Der Countdown bei unseren Dienstfreistellungen hatte schon zu ticken begonnen und, nach der Ablehnung der Visa-Anträge, waren davon schon drei Wochen verbraucht! Kurzerhand beschließen wir unverzüglich, unser Abenteuer direkt in Indien, in New Delhi, zu beginnen. Alle ursprünglichen Reisepläne verwerfen wir, Iran und Pakistan streichen wir von der Liste. Unsere, für eine Weltreise bereiten Motorräder, verstauen wir im Keller und buchen die nächstmögliche Maschine nach Delhi. Wir packen nur die wirklich notwendigsten Sachen ein: Jeder hat nur einen Rucksack und seinen Helm.

Nach einer langen Nacht im Flugzeug sollte man „BALD AM MORGEN" (Anm.: Wir hassen „BALD AM MORGEN"; ein Tag in der Hölle beginnt „BALD AM MORGEN"), eigentlich müde sein. Die Dämmerung setzt gerade ein. Wir sind hellwach, wir sind aufgeregt. Vor uns liegt ein unbestimmtes Abenteuer, auf welches wir uns zwar nicht vorbereitet, aber schon lange gefreut haben. Schon 2011 hatte ich die Gelegenheit, eine Tour durch Nord-Indien zu machen und stand seither im Bann des Himalayas. Leider hatte Martina damals eine neue Anstellung bekommen und konnte nicht mitreisen. Dieses Mal ist alles besser; dieses Mal ist Martina dabei.

Vor uns der EXIT der Ankunftshalle. Die Schiebetüren öffnen sich und wir ersticken fast in der heißen, schwülen Luft. Wir sind angekommen, das Abenteuer kann beginnen. Die Atmosphäre ist voll mit fremden Gerüchen, der Boden voll mit Taxifahrern. Auf Kundschaft wartend, legen sich die Taxifahrer gerne zur Rast in der Ankunftshalle auf den Boden und schlafen ein. Wir ignorieren die vielen Leute, müssen uns erst einmal in der neuen Umgebung orientieren. Obwohl es noch „BALD AM MORGEN" ist und so gut wie keine Reisenden ankommen, herrscht reger Betrieb. Sofort werden wir angesprochen, sofort wird uns ein Transport angeboten. Als „frischer" Ausländer ist man leichte Beute für die geschäftstüchtigen Taxi- und Rikschafahrer. Als alte „Weltenbummler" sind wir jedoch mit allen Wassern gewaschen. Wenn nur irgendwie möglich, verwenden wir für die erste Fahrt nach der Ankunft in einem neuen Land öffentliche Verkehrsmittel. Selbst wenn keine öffentlichen Verkehrsmittel verfügbar sind, haben wir uns angewöhnt, die ersten Transportangebote abzulehnen und uns erst einmal in der neuen Umgebung zurechtzufinden. Speziell an kleinen Flughäfen, wie Phuket, Thailand oder Denpasar, Bali, hat uns dieses Verhalten schon viel Geld gespart. Bei den Preisverhandlungen mit den Taxifahrern in Asien ist interessanterweise die Angabe des Reiseziels oft irrelevant. Man erhält einen Fahrpreis, ohne ein Ziel genannt zu haben. Uns bringt die U-Bahn zuverlässig, sauber und recht günstig direkt ins pulsierende Herz New

Delhis, zum Hauptbahnhof. (Interessanterweise wäre in diesem Fall das Taxi sogar billiger gewesen.)

Bahnhöfe sind nicht nur wichtige Verkehrsknotenpunkte; in deren Umgebung finden sich auch meist (günstige) Unterkünfte. Unsere erste Unterkunft wählen wir natürlich sehr sorgfältig aus. Im Internetzeitalter sind, auch in Indien, für viele Unterkünfte Bewertungen zu finden, welche die Wahl der Herberge einfacher machen sollten. Über das beste Hotel der Umgebung lesen wir in der Bewertung: „Cockroach driving around all day!" - frei übersetzt: „Kakerlaken – den ganzen Tag auf Achse!". Optimal, wir checken gleich ein. Unsere Unterkunft befindet sich in der Main Bazar Road und somit in der Nähe unseres eigentlichen Ziels in New Delhi: dem Karol Bagh, dem größten Motorradmarkt Indiens.

Karol Bagh

Man muss reisen, um zu lernen. – Mark Twain

Karol Bagh ist der wahr gewordene Schrauber-Traum. Wenn man Zeitreisen, Rost und Herausforderungen liebt, dann ist Karol Bagh ein Mekka. Über dem Stadtteil wacht die Hindu-Gottheit Hanuman, ein Gott in Affengestalt, mit mächtigem Schweif. Die Statue ist so riesig, dass man, um sie in ihrer Gesamtheit zu betrachten, einen Block weitergehen muss. Macht man dies nicht, sieht man sie nur bis zum Lendenschurz. Wehe dem, der sich traut, den Schweif der Statue anzuzünden, wie geschehen auf Sri Lanka[1]. Aber das ist eine andere Geschichte. Hinter Hanuman erstrecken sich die für Motorradfreunde wichtigen Gassen Gali Nr. 32 bis Gali Nr. 57. Ein Labyrinth vollgestopft mit Motorrädern und Ersatzteilen. Motorräder, soweit das Auge reicht.

Namhafte Firmen wie Tonys Bike Center, Saraswati Motors und der alle überragende Lalli Singh sind dort zu finden. Firmen, deren Ruf in der Abenteuerreise-Szene einschlägig bekannt ist. Tausende Motorradabenteuer fanden in diesen Gassen ihren Anfang. Es handelt sich allerdings, selbst bei den größten Namen der Szene, um sehr kleine Firmen. Die größten Unternehmen haben die Ausmaße einer Doppelgarage eines europäischen Einfamilienhauses.

---

[1] Quelle: wikipedia.org/wiki/Hanuman: „Im Kampf gegen das Dämonenheer des Ravana wird Hanuman der Schweif angezündet. Doch der Gott kämpft trotzdem weiter und setzt mit seinem peitschenden Schweif die Stadt Lanka in Brand."

Lalli Singh hat diese Doppelgarage sogar unterirdisch. Über eine nur 80 cm breite Rampe gelangen die Kunden in den Keller eines Warenhauses, der Firmenzentrale von Lalli Singh. Bis vor kurzem befand sich die gesamte Werkstatt, mit fast einem Dutzend Angestellten, Büro und Verkaufsraum für über 100 Motorräder, in dieser unterirdischen Garage. Neuerdings befindet sich nur noch der Verkaufsraum in diesem Kellerverlies.

Den Kunden entgeht seither der Blick auf die an Kunst grenzenden Fähigkeiten der Mechaniker. Dort zerlegen sie ohne Werkbank, ohne Schraubstock und auf dem Boden hockend Getriebe, wechseln Lager und Kurbelwellen. Aber keine Angst, Mechaniker, die völlig ölverschmiert in Schüsseln voller Zahnrädern, Federn und Schrauben wühlen, sieht man in Karol Bagh an jeder Ecke. Besonders gefallen hat uns eine Werkstätte mit dem klingenden Namen „SMART MOTORS INTERNATIONAL Ltd.", einer Garage, nicht größer als zwei Quadratmeter. Diese bietet normalerweise gerade genug Platz, um ein Motorrad einzustellen. Hier stehen in solch einer Garage mindestens 10 Fahrzeuge und drei Mitarbeiter.

In einer Ecke entdecken wir sogar noch einen schlafenden Großvater. Tagsüber werden die Fahrzeuge auf die Straße geschoben und auch dort repariert. Der Großteil der Werkstätten und Geschäfte ist nicht größer als eben diese zwei Quadratmeter. Eine Werkstatt nach der anderen - soweit das Auge reicht. Wir ersinnen ein Literaturprojekt: Brain-Drain India: Wissen, Techniken und Fähigkeiten von indischen Schraubern für europäische Schrauber. An jeder Ecke werden, mit einfachsten Mitteln, aufwändigste Reparaturen ohne Spezialwerkzeug, Hebebühnen, Messgeräte und vor allem ohne Diagnose-Laptop gemeistert. Bei uns scheint selbst ein Ölwechsel ohne diesen unmöglich. Da könnten wir vielleicht was lernen.

Wir starten unverzüglich eine naive Suche nach dem ultimativen Adventure-Bike für unsere Reise. KTM liegt uns Österreichern sehr nahe, aus diesem Grund geht unsere Suche zunächst in diese Richtung. Zu unserer Überraschung findet man in Indien KTMs an jeder Ecke, wir besuchen sogar einen KTM-Flagship-Store. Mit dieser Popularität von KTM in Indien hatten wir nicht gerechnet. Erst als uns mitgeteilt wird, dass KTM eine indische Marke ist, wird uns die KTM-Dichte klar. Wir lesen im Internet nach und es stimmt, fast. KTM gehört zu 48% dem indischen Bajaj Konzern[2]. Alle KTMs bis 390cc werden direkt in Indien produziert.

Wir halten es jedoch für unmöglich, auf kleinen 200cc oder 390cc KTMs durch die Berge zu fahren und wenden uns Alternativen zu. Das absolut populärste Motorrad ist die Bajaj und wir fahren eine Bajaj Pulsar 200 zur Probe. Probefahrten sind einfach, keine Formulare, kein Führerschein, keine Schutzausrüstung oder Helm sind notwendig. Einfach aufsitzen und hinein ins Chaos. Wichtigste Schutzausrüstung ist die Hupe. So verbringen wir den ersten Tag mit der Suche nach einem passenden Untersatz. Mit jeder Probefahrt wurde das Bild klarer. Wir konnten uns eine anspruchsvolle Himalaya-Durchquerung auf kleinen Mopeds nicht vorstellen. Nach wenigen Probefahrten war die Entscheidung klar, einfach und offensichtlich. Die für einheimische gängigen 200cc Mopeds sind nicht nur winzig,

[2] http://www.ktmgroup.com/en/investor-relations/ktm-shares/

sondern auch uncool (und das geht überhaupt nicht). Wir entscheiden: Royal Enfield Motorräder werden uns in die Berge tragen. Enfields sind zwar keine Reiseenduros, aber super cool! Das sollte für die Reise reichen – doch das Drama ist damit vorprogrammiert.

Es gibt die Möglichkeit, Enfields zu mieten oder zu kaufen. Ausländer können in Indien keine Fahrzeuge registrieren. Wenn jemand ein Fahrzeug kauft, bleibt es im Besitz des Registrierungsinhabers. Das hört sich für uns nicht richtig an; wir beschließen die Motorräder für umgerechnet € 5.- pro Tag zu mieten. Es wird ernst. Die Papierarbeit ist rasch erledigt- rasch nach indischer Zeitrechnung. Die Formalien beschränken sich auf den Austausch von Papiergeld (hinterlegt als Sicherheit) und das Ausfüllen eines eine Seite langen Vertrages. Papiere in Form eines Führerscheins werden nicht benötigt. Das Ausfüllen des Vertrages dauert einen gesamten Nachmittag. Ich liebe effizientes Arbeiten, speziell wenn es um so unangenehme Dinge wie Papierkram, geht. Die unnötige, lange Warterei treibt mich in den Wahnsinn. Endlich haben wir alles erledigt, die Bikes gehören uns, naja, der Besitzer überlässt sie uns für die nächsten Monate. Wir können das Abenteuer beginnen.

Der Unmut wird sofort durch Adrenalin ersetzt. Adrenalin in seiner reinsten Form. Wir starten die „eigenen" Bikes und stürzen uns ins Verkehrschaos von Delhi. Nach wenigen Metern Fahrt kommt die erste Herausforderung auf uns zu: Der erste Kreisverkehr. Ein „Kreis" ist nicht zu erkennen, nur der Verkehr. Der zuvor genannte Gott „Hanuman" beobachtet das Geschehen sicher von hoch oben mit weit geöffneten Augen. Anarchie pur! Von allen Seiten wird gedrängelt, gehupt, geschimpft und

17

wild gestikuliert. Man fährt nicht vor, man drängt sich vor. Immer und überall. Wer sich nicht frech in eine sich auftuende Verkehrslücke drängt, kommt nicht voran. Diese Vorgehensweise gilt generell. Wer sich nicht nimmt, was er braucht, bleibt auf der Strecke. Man gibt nicht Vorfahrt, man nimmt sich die Vorfahrt! Jeder nur so viel, wie er braucht. Nicht mehr, nicht weniger. Die erste Fahrt ist zwar schwierig, verläuft aber reibungslos. Rasch sind wir im „Flow". Wir fühlen uns nicht als Fremdkörper, sondern als Teil des Ganzen. Im Schwarm zu treiben, fühlt sich richtig gut an, wir sind glücklich. Wir haben eine Mission: Überleben und zudem die zwei Kilometer zurück zum Hotel zu finden. Wir meistern auch dies, fühlen uns bereit für unser Abenteuer und sind eigentlich auch schon mittendrin.

Reisetipp: Indien als Therapie!

Indien bietet Heilung für folgende Phobien, oder man fällt auf der Stelle tot um:

Achluophobie, Aelurophobie, Agoraphobie, Aichmophobie, AIDS-Phobie, Ailurophobie, Akarophobie, Akrophobie, Altophobie, Amaxophobie, Androphobie, Anemophobie, Anthropophobie, Aphephosmophobie, Aquaphobie, Arachnophobie, Aviophobie, Bacillophobie, Bacteriophobie, Cainophobie, Cancerophobie, Chiraptophobie, Cleisiophobie, Coitophobie, Contreltophobie, Coprophobie, Coulrophobie, Demophobie, Dysmorphophobie, Emetophobie, Gelotophobie, Gephyrophobie, Gerontophobie, Gravidophobie, Gynophobie, Gynäkophobie, Haematophobie, Halitophobie, Haphephobie, Haptophobie, Herpetophobie, Heterophobie, Homophobie, Hoplophobie, Hydrophobie, Kanzerophobie, Kardiophobie, Karzinophobie, Klaustrophobie, Kopophobie, Kynophobie, Logophobie, Methatesiophobie, Misophobie, Molysmophobie, Mysophobie, Nekrophobie, Neophobie, Nomophobie, Nosophobie, Nyktophobie, Ochlophobie, Oneirogmophobie, Odontophobie, Odynophobie, Ornithophobie, Parasitophobie, Phobophobie, Phonophobie, Photophobie, Siderodromophobie, Sitophobie, Soziale Phobie, Spektrophobie, Taphephobie, Tetraphobie, Tierphobie, Triskaidekaphobie, Trypanophobie, Vaccinophobie, Xenophobie, Zoophobie.

Vom Kulturschock nach Norden

Wir reisen nicht, um dem Leben zu entfliehen, sondern damit uns das Leben nicht entflieht. – Anonymous

„BALD AM MORGEN" (da ist es wieder!) dann geht es los. Wir könnten es kaum erwarten, Delhi zu verlassen. Die Motorräder sind rasch gepackt und wir somit startklar. Nur wohin? Wir möchten in den Himalaya. Ist das gleich neben dem Hotel links oder rechts? Der Smog, die Stromkabel und die Häuser sind so dicht, dass wir kein GPS-Signal bekommen. Schilder mit „Himalaya - hier lang" gibt es leider nicht. Egal, so schwer kann es ja nicht sein, den Himalaya zu finden. Der soll ja groß und von weitem sichtbar, sein also los. Als erstes Teilziel legen wir Chandigarh fest, nur ca. 300 km entfernt. Optimal zum Warmfahren, gegen Mittag könnten wir dort sein - falsch gedacht.

Nach Bauchgefühl fahren wir Richtung Norden. Der Verkehr ist dicht, die Luft zäh und stickig. Unzählige Motorräder, LKWs, Rikschas, Autos, Menschen und natürlich heilige Kühe verstopfen die Straße. Es dauert Stunden, bis wir die Grenzen der Stadt erreichen. Als sich das Häusermeer endlich lichtet, gibt es trotzdem kein Aufatmen. Wo ist der Himalaya? Wir sind falsch. Wir haben uns verfahren und sind, 50 km östlich von Delhi, in einem schlimmen Slum gelandet. Statt dem gesuchten Highway #1 nach Norden, folgen wir unbefestigten, schlammigen Dorfstraßen. Die Siedlungen bestehen aus einfachen Holzhütten. Händler schieben Karren durch den Schlamm und verkaufen Gemüse. Vom Highway #1 keine Spur. Zum Glück befindet sich über der Straße ein Wegweiser auf dem klar und deutlich - गढ़मुक्तेश्वर - in Sanskrit steht. Nein, wir wollen nicht nach गढ़मुक्तेश्वर, wir wollen nach ग़ाज़ियाबाद („CHANDIGARH"). Unser Ziel ग़ाज़ियाबाद steht jedoch nirgends.

Verzweifelt versuchen wir ein GPS-Signal zu empfangen, während neben uns Bettler, auf der Suche nach Nahrung, den Abfall durchwühlen. Nach unserer Ankunft in Delhi war Martina von der Sauberkeit, dem angenehmen Klima, der Unterkunft und dem Essen sehr positiv überrascht. Eine Ankunft in Bangkok könnte aus dieser Sicht schlimmer ausfallen. Jetzt war er da, der Kulturschock. Martina hat ein unwohles Gefühl. Weit und breit sind keine Frauen auf Motorrädern zu sehen. Die Frauen kümmern sich um die Familien, nicht um Abenteuerreisen, und keine Frau ist 1,72m groß. Sie fühlt sich als Fremdkörper, sie fühlt sich beobachtet. Wiederholt denkt Martina, wegen ihrer fremdartigen Erscheinung angehupt zu werden. Das Anhupen ist aber vermutlich nur Einbildung. Inder hupen immer und überall. Links abbiegen - hup, rechts abbiegen - hup, stehen bleiben - hup, Gott huldigen - hup, Käfer huldigen - hup, oh... eine Frau - hup, oh... eine große Frau - hup, hup, hup... Sollte die Reise jetzt monatelang so weitergehen? Unsere Stimmung ist im Keller. Endlich haben wir ein brauchbares GPS-Signal. Die schlammige Dorfstraße führt zu einer Landstraße und diese bringt uns 40 km später auf unsere Route nach Norden. Wir atmen auf.

Martina: *Das ist das einzige Mal auf der gesamten Reise, dass ich denke: „Auf was habe ich mich da eingelassen?" Es stinkt. Was bei uns der Vorgarten wäre, ist 20 – 30 cm tiefer Schlamm, viele Meter breit. Schweine wälzen sich darin und es stinkt so, dass es mich würgt. Ich versuche, mich nicht zu übergeben. Es ist so abstoßend und ein fürchterliches Land. Gleichzeitig schäme mich dafür, das zu denken. Dieses Stück Straße ist für mich viel schlimmer als die 50 Jahre nicht gereinigte Loch-im-Boden-Toilette in Indonesien, die ich aufgrund von allerdringlichster Dringlichkeit benutzen musste.*

Die „intensive" Erfahrung beschränkte sich zum Glück auf das Gebiet östlich von Delhi. Wir erreichen nach Stunden den gesuchten Highway #1. Dieser entpuppt sich als „richtiger" Highway mit 4-6 Fahrstreifen, wenig Verkehr und ist gut asphaltiert. Das hätten wir nicht erwartet. Wir sind erleichtert und die Stimmung bessert sich zusehends. Die umliegenden Hütten sind immer noch sehr einfach, aber wesentlich sauberer als im Ballungszentrum um Delhi. Weite Felder erstrecken sich entlang der Straßen. Oft sehen wir Wasserbüffel, die sich in Tümpeln entspannen. Wir beobachten Handwerker, die ihrer Tätigkeit auf den Straßen nachgehen. Frauen machen Tee und kümmern sich um die Familie, Bauern arbeiten auf den Feldern. Uns gefällt es. Der Highway ist schnurgerade und man kann in regelmäßigen Abständen an einer Dhaba, einer typisch indischen Imbissbude, halten, um Tee und eine Mahlzeit zu genießen.

Das Essen in den Dhaba-Restaurants ist ein wirklicher Genuss. Von dem unscheinbaren Imbissbuden-Look einiger Dhabas sollte man sich aber nicht täuschen lassen. Die Qualität ist immer top, das indische Naan-Fladenbrot wird frisch aus dem Ofen serviert. Für unseren europäischen Geschmack wird das Brot oft sogar „zu frisch" bereitet, nämlich dann, wenn dir der Koch mit verschwitztem, nacktem Oberkörper freundlich zuwinkt, während er deinen Brotteig knetet und schwungvoll in den Ofen klatscht. Gemeinsam haben alle Dhabas einen einfachen Sitzbereich und in der Regel eine offene Küche. Luxus-Dhabas stellen den Kunden im Sitzbereich formschönen Plastikstühle bereit, in einfachen Lokalen sitzt man auf einem Holzbrett. Mittags, wenn der Hunger am größten ist, paart sich das würzige Chili noch mit der unbändigen Mittagshitze, daher ist es ratsam sich eine Dhaba mit Ventilator zu suchen. Als wir in die Dhaba kommen, hat es knapp 45°C. Wir sind erschöpft, durstig, glücklich, endlich den Hintern vom Motorrad zu bekommen und natürlich von oben bis unten in Staub gehüllt. Alle Augen richten sich sofort auf die fremden Neuankömmlinge. Eine Gruppe Jugendlicher blickt uns mit weit offenen Augen an. „Sir, can we take a picture, please?", werden wir gefragt.

Die Jugendlichen bitten um ein Selfie mit den weitgereisten Fremden, das natürlich unverzüglich seinen Weg in Facebook findet. Irgendwie amüsiert uns die Bitte um Bilder, irgendwie fühlen wir uns geehrt, trotz unserer schmutzigen Erscheinung fühlen wir uns als etwas Besonderes.

Mit knurrendem Magen und wässrigem Mund stehen wir vor der Menükarte und fragen uns: "शाही पनीर" mit "जीरा आलू", oder soll's doch " दोष " sein? Zum Nachtisch wollen wir auf jeden Fall गाजर का हलवा. Alles ist in Sanskrit geschrieben, wir haben nicht die geringste Ahnung, was auf der Karte steht. Ahnungslos blicken wir uns gegenseitig an, können die Ratlosigkeit in den Augen des Anderen ablesen und können das Lachen nicht zurückhalten.

Der Blick in den Topf ist genauso aufschlussreich wie das Lesen einer Speisekarte in Sanskrit. Als wir uns vom Lachen erholt haben, geben wir eine Bestellung auf, das heißt, wir fuchteln mit Händen und Füßen und haben in Wirklichkeit keine Ahnung, was wir bestellen. So weit außerhalb der Stadt spricht niemand Englisch. Wer sich fließend und hemmungslos in Zeichensprache verständigen kann, ist definitiv im Vorteil. Das Essen ist jedes Mal aufs Neue ein kleines Abenteuer. Ein Abenteuer, dessen Ausgang erst nach der Einnahme oder am nächsten Tag bekannt wird. Am nächsten Tag weiß man, ob man krank ist oder nicht.

Nichts steht unserem Etappenziel im Weg, bis auf 300 km Indien und evtl. die Auswirkungen der eben eingenommenen Mahlzeit. An eine Eigenheit des Fahrens in Indien gewöhnen wir uns sofort. Es gibt keine Gesetze, Regeln oder Beschränkungen. (*Anm. Martina: Es gibt keine, an die sich irgendwer hält*). Nirgends steht „30 km/h - Randstreifen nicht befahrbar" („Bankett nicht befahrbar" ist meine Lieblings-Beschränkung in Österreich. Ich fahre nicht auf dem Randstreifen, warum muss ich auf der Straße 30 km/h einhalten?). Jeder ist selbst verantwortlich für seine Handlungen. Das ist einfach. Wir brauchen zum Motorradfahren keinen, der uns Regeln aufzwingt. Wir fühlen uns frei! Wir können uns aus heutiger Sicht sehr gut in die Krad-Vagabunden (krad-vagabunden.de), Simon und Panny hineinversetzten. Nach einer über drei Jahre dauernden Weltreise kassieren sie ihren ersten Strafzettel in Deutschland. Sie hatten entschieden, an einer menschenleeren Kreuzung eine Stopptafel zu überfahren. Falsch gedacht - Flensburg lacht.

Unsere Fahrt auf dem Highway #1 muss man sich auf jeden Fall anders vorstellen als eine Autobahnfahrt bei uns. Der Highway ist stellenweise modern wie eine heimische Autobahn. Man könnte denken, dass dementsprechend ähnliche Regeln gelten. Aber nein, es kann sein, dass Leute auf der Straße schlafen, Kühe herumstehen, Pferdefuhrwerke fahren oder einem plötzlich ein Schulbus als „Geisterfahrer" auf der eigenen Fahrbahn entgegenkommt. In Indien ist es selbstverständlich, dass der Schulbus gegen die Fahrtrichtung fährt, wenn es eine Abkürzung ist. Warum sollte man mit den Kindern einen unnötigen Umweg machen? Büffel-Karren sind nur auf der Überholspur, wenn sie einen Ochsenkarren überholen. Ein Ast quer über den eigenen Fahrstreifen bedeutet: man muss (auch auf der Autobahn) unverzüglich in den Gegenverkehr wechseln - kein Scherz.

Als wir eine Ausfahrt übersehen, halten wir am Rand der vom Gegenverkehr baulich getrennten Fahrbahn und beraten, wie wir wieder zur verpassten Ausfahrt zurückgelangen können. Martina versucht einige hundert Meter vorsichtig rückwärts zu schieben und verursacht damit sichtlich Verwirrung. Die Verkehrsteilnehmer wissen nicht, wie sie einem rückwärts geschobenen Fahrzeug ausweichen sollen. Ergo, es wird wild gehupt. Was machen die Ausländer da? – HUP, eine große weiße Frau – HUP, HUP, HUP. Martina löst die Verwirrung elegant auf indische Weise. Sie dreht auf der 3-spurigen Autobahn einfach um und fährt gegen die Fahrtrichtung. Niemand hupt mehr, für alle Verkehrsteilnehmer ist die Situation gewohnt und eindeutig. Klar, sie will zurück zur Ausfahrt.

Mit Vollgas geht es Richtung Norden. Wir möchten nicht nur unser Ziel vor der Dunkelheit erreichen, wir möchten auch noch bei Tageslicht eine Unterkunft finden. In Indien geht nichts „straight forward" oder „wie geplant", Pläne sind nur da, um verworfen zu werden. Gerade, als wir endlich freie Fahrt haben, die größten Städte hinter uns gelassen haben und der Verkehr erträglich ist, bekommt meine Enfield aus heiterem Himmel einen Schwächeanfall. Sie geht nur noch wie eine angebundene Kuh (eine heilige Kuh?) 50 bis 80 km/h, mehr ist nicht mehr drin. Aus unerfindlichen Gründen stirbt die Maschine immer wieder ab. Wiederholt haben wir kleine Gebrechen, kleine Pannen, denen wir zunächst keine Beachtung schenken. Das Fernweh ist einfach stärker, uns treibt es weiter Richtung Norden, nur etwas langsamer. Wo aber bleiben die Berge? Wir wollen Berge sehen!

Die Enfields haben sich am Beginn für uns einfach so „ergeben". Sie sind cool und angenehm zu fahren. An mögliche Pannen und Gebrechen hatten wir keine Gedanken verschwendet. Im Laufe des ersten, richtigen Reisetages wird uns langsam bewusst, die „Kraxn" drängen sich irgend-wie in den Fokus unserer Reise. Um dieses verständlich zu machen, schildere ich kurz die Enfield-bezogenen Ereignisse des ersten (!) Tages:

• Enfield stirbt ständig ab, es ergeben sich gute Bilder von einer Herde Wasserbüffel.

• Sicherung fällt mitten im Gewittersturm aus - Zuflucht in einen Hindu-Tempel. Wir lernen nette, gastfreundliche Leute kennen. Erleuchtung soll uns beim Rauchen wider-fahren. Sieht nach Cannabis aus, wir lehnen dankend ab und ziehen weiter.

• Schalthebel fällt unter der Fahrt ab, nochmal hilfsbereite Leute kennengelernt, Leute die, im Gegensatz zu uns, sogar Werkzeug besaßen!

• Der Schlüssel springt während der Fahrt aus dem Zündschloss, das Motorrad fährt weiter….

• Nach Einbruch der Dunkelheit fällt das Licht aus. Abenteuerlicher Slalom zwischen abgeladenem Schotter, toten Hunden und heiligen Kühen, die plötzlich im schwachen Scheinwerferkegel auftauchen. Man trifft freundliche Geisterfahrer, natürlich auch ohne Licht. Vermutlich Enfield-Fahrer mit elektrischen Problemen.

• Sicherung fällt wieder aus. Inzwischen sind alle Reservesicherungen aufgebraucht. Wir lernen, Sicherungen mit Drahtlitzen zu flicken.

Die Elektrik beider Motorräder ist total hinüber. Da ich jedoch unsere Reise schildern möchte und kein Enfield-Drama, verspreche ich, die Pannengeschichten kurz zu halten.

Als es schon lange dunkel ist, kommen wir völlig erschöpft in Chandigarh an. Noch haben wir keine Unterkunft und natürlich keinen Plan, wo sich in dieser Landeshauptstadt die Unterkünfte befinden. Einen anstrengenden Tag haben wir schon hinter uns und er ist noch nicht vorbei. Wir haben heute viel erlebt, genau deswegen sind wir ja hergekommen, aber so kann es nicht weitergehen. Speziell, was die Pannen betrifft, müssen wir eine Lösung finden.

Die Stadtviertel, durch die wir auf unserer Suche nach Unterkunft kommen, laden nicht zum Bleiben ein. Aus einem kleinen Laden werden durch Gitterstäbe hindurch, alkoholische Getränke an Kunden auf die Straße verkauft! Schummriges Licht, staubige Straßen und ein Hotel. Jetzt benötigen wir nur noch ein Zimmer. Nach Einbruch der Dunkelheit gestaltet sich das Finden von Zimmern nicht einfach, alles ausgebucht. Wie kann in einer Gegend ohne Attraktionen alles ausgebucht sein? Zu einem etwas höheren Preis als üblich, finden wir schließlich doch eine Unterkunft. Erst später begreifen wir, dass Hotels nach Einbruch der Nacht immer „ausgebucht" sind. Nach Einsetzen der Dämmerung steigen die Preise der Unterkünfte unverhältnismäßig an, feilschen geht dann auch nicht mehr. Die Hoteliers wissen genau, dass die Kundschaft zu später Stunde jeden Preis für ein Zimmer bezahlt. Zusätzlich darf man bei den Zimmern nicht wählerisch sein.

Beim Einkaufen merken wir bald, dass das Feilschen nicht unsere Kernkompetenz ist und uns nicht in die Wiege gelegt wurde. Hier beherrscht diese wertvolle Fähigkeit jedes Kind. Uns ist bewusst, dass wir oft ein Vielfaches bezahlen, wissen jedoch noch nicht, wie wir diese Situationen besser meistern sollen. Das muss sich auch noch unbedingt ändern! Feilschen müssen wir richtig lernen. Nachdem wir für Essen, Werkzeug und Ersatz-Sicherungen gesorgt haben, alles erledigt ist, können wir uns endlich dem Geschäft mit den Gitterstäben zuwenden. Die „Bottle-Shops" sind aufgebaut wie eine Gefängniszelle in San Quentin. Die Gitterstäbe sind zur Straßenseite hin offen. Die Getränke werden, außerhalb der Reichweite durstiger Kunden, an der Rückwand der „Zelle" aufbewahrt. Wichtigster Einrichtungsgegenstand ist ein riesiger Kühlschrank, randvoll mit Bier. Für die Anstrengungen der Etappe belohne ich mich mit einem eiskalten

Hopfen-Malz-Energy-Drink. Selbst in der Nacht hat es noch 30°C. Aus diesem Grund bildet das durch die Gitterstäbe gereichte kalte Bier den Höhepunkt und krönenden Abschluss des ersten Reisetages.

Martina kommentiert den erlebten Tag mit: *„Wir hatten einen absolut geilen Tag!"* im gleichen Atemzug mit: *„Invasion fliegender Ameisen, nur 1,5 cm dicke Matratze, 40°C, kein Strom, keine Aircondition"*, während sie eine Skizze einer fast umgefahrenen Kuh anfertigt, die im Dunkeln auf der „Autobahn" entspannt wiederkäut.

चंडीगढ़ - Chandigarh

Das Leben ist entweder ein wagemutiges
Abenteuer oder Nichts. – Helen Keller

चंडीगढ़ ist, …. ach, vergiss चंडीगढ़! Selbst wenn die Stadt modern auf dem Reißbrett konstruiert wurde und einen schönen Kunstpark hat - wir wollen in die Berge! Wir haben keinen Kopf für formschön konstruierte 50er-Jahre Beton-kunst. Als wir in der kleinen, schummrig beleuchteten, stickigen Kammer, die unsere Unterkunft bildet, erwachen, sind natürlich unsere Enfields der erste Gedanke. Wo sind sie, haben sie die Nacht gut überstanden, stehen sie überhaupt noch vor dem Hotel? Ein rascher Blick aus dem (durch organische Substanzen getrübte) Fenster verschafft Gewissheit, sie warten geduldig, wo wir sie abgestellt hatten, auf unsere Weiterreise. So rasch als möglich packen wir unsere Sachen und sitzen „BALD AM MORGEN" (ha...das kommt bestimmt noch mal) wieder auf den Motorrädern. Der Himalaya ruft.

Mit Vollgas geht es weiter, weiter in Richtung Amritsar, dem Mekka der Sikh, der Stadt mit dem berühmten goldenen Tempel, dem größten Heiligtum der Sikhs. Die Abstände zwischen den Dörfern und Siedlungen werden größer, die Gegend wird ländlicher. Die Straßen werden schmaler, auf einer einladenden „Autobahn" sind wir schon lange nicht mehr unterwegs. Abschnitte mit unbefestigter Straße gibt es nun häufiger und länger. Entlang der Straße sehen wir jetzt immer öfter Tierherden, speziell die für unser Auge ungewohnten Wasserbüffel. Bauern bringen das Heu auf einfachen Ochsenkarren ein, Frauen bestellen die Felder, schneiden mit einfachen Sicheln Getreide oder setzen Reispflanzen, die Landschaft wird immer grüner. Wir gleiten auf unseren Motorrädern durch die Landschaft, lassen die Gegend auf uns wirken, wir sind glücklich, uns geht es gut. Nur ab und zu stören dezente Rauchwolken aus unseren Sicherungskästen die Idylle.

Der Verkehr bleibt ein ständiger Kampf. Um uns diesem zu stellen, haben wir eine Überlebensstrategie entwickelt. Normalerweise hupen wir bei jedem Überholvorgang wie verrückt. Das macht jeder so und ist daher nichts Besonderes. Unsere Idee ist, bei besonders brenzligen Situationen, zusätzlich die Lichthupe wie wild zu betätigen. Geniale Idee! Das Lichtsignal würde die Überlebenschancen sprunghaft erhöhen und den Sensenmann verwirren. Wir überleben und können unsere Weisheiten den Nachkommen weitergeben - Applied Evolution - so die Theorie.

Es dauert nicht lange, bis sich eine Gelegenheit ergibt, die neue Überlebensstrategie zu testen. Martina muss unbedingt einen langsam vor uns fahrenden Lastwagen überholen.

Im Gegenverkehr auch zwei LKWs, die nebeneinander fahrend auf uns zu kommen. Weicht man in so einer Situation nicht rechtzeitig aus, hat der Sensenmann gewonnen. Man überholt grundsätzlich immer bei Gegenverkehr, da immer Gegenverkehr herrscht. Ein typischer Ablauf ist wie folgt: man setzt zum Überholen an, die Augen gehen weit auf, Schweißausbruch, Stoßgebet an die Schutzengel (hilft in Indien nicht - Zuständigkeit: Shiva nix Jesus),

31

lautes Schreien (unterm Helm hört das jedoch niemand), Hupen, was das Zeug hält und genau, als im Geiste das ganze Leben noch einmal vorbeizieht (sozusagen noch im Vorspann) kommt die neue Signalmethode, die Lichthupe zum Einsatz.

Mitten im Überholvorgang, auf Höhe des LKW-Fahrerhauses, betätigt Martina die Lichthupe - ihr Motor geht auf einen Schlag aus. Ich, nur wenige Meter dahinter, beginne auch wie wild mit der Lichthupe aufzublenden - mein Motor geht auch aus. Wir weichen rollend an den Straßenrand aus und sehen uns fragend an. Nach hunderten gefahrenen Kilometern haben wir genau an der gleichen Stelle die gleiche Panne.

Wir können also beide keine Lichthupe verwenden. Ich liebe elektrische Herausforderungen, besonders bei 40°C im Schatten und drohendem Wolkenbruch. Sicherungen führen wir inzwischen im 10er Pack mit. Die früher erwähnte Reparaturmethode mit einem Stück Draht war keine gute Idee, tags zuvor war dieser „Sicherungsdraht" samt Sicherungshalter abgebrannt. Jetzt verwenden wir wieder Sicherungen.

Familienbesuch

Ich war noch nicht überall,
aber es steht auf meiner Liste. – Susan Sontag

Nach einer kleinen Reparatur, einer neuen Sicherung, sind wir rasch wieder startklar. Gerade, als wir weiterfahren möchten, hält jemand neben uns und bietet Hilfe an. Wir lehnen dankend ab, ist doch alles schon repariert. Der junge Mann lässt die Ablehnung jedoch nicht gelten und besteht darauf, uns auf ein Glas Tee einzuladen und dabei den Regen abzuwarten. Es würde ihn freuen, wenn wir ihn kurz zu seinem Haus folgen würden. Pause hatten wir schon einige Zeit nicht gemacht. Wir unsererseits freuen uns auf eine ausnahmsweise angenehme Abwechslung und folgen ihm über eine enge, staubige Straße in eine Siedlung. Als er in den Hof seines Hauses abbiegt, staunen wir nicht schlecht. Es ist das größte Haus der kleinen Ortschaft. Drei Stockwerke hat das Gebäude und beheimatet eine zehnköpfige Familie. Es sind alle sichtlich erfreut, als wir mit den Motorrädern auf den Hof fahren. Alle laufen zusammen und begrüßen uns.

Vom Kleinkind bis zur Oma sind alle anwesend. Wir sind überwältigt. Die alte Oma, nur ca. 1,20m hoch, läuft uns entgegen. Sie freut sich so, dass sie ihren Gehstock ins Gemüse wirft und zur Begrüßung die Hände vor dem Haupt faltet. Wir tun es ihr gleich. Das Haus ist einfach gebaut, hat keinen Putz an den Wänden, auch keine Böden. Eine Couch, einige Stühle und ein Tisch bilden Vorzimmer und Wohnzimmer (zu Hause würden wir das Haus einen Rohbau nennen).

Martina: *in Indien nennt man das auch Rohbau, es war noch nicht fertig.*

Es werden Tee und Bananen mit schwarzem Salz serviert. Die Familie ist sehr offen und interessiert sich für unsere Reise. Wir sind etwas beschämt. Nach einem halben Tag Staub und Hitze fühlen wir uns schmutzig, sehen aus wie Landstreicher und sind für die Situation nicht angemessen gekleidet. Unser Äußeres macht der Familie nichts aus, wir unterhalten uns prächtig. Langsam dringt aber durch, dass Martina nicht so ganz den indischen Idealvorstellungen entspricht. Die Frauen des Hauses scharen sich um Martina. Eine riesenhafte (1,72 Meter) Frau in schweren Bergstiefeln, Wanderhosen (mit abzippbaren Beinen), schwarzen Fingern und staubigen Gesicht hatten sie vermutlich noch nie gesehen. Statt Goldschmuck trägt Martina ein rotes Halstuch, welches unter der Fahrt als Mundschutz die schmutzige Luft etwas filtern sollte. Der Farbe nach zu urteilen, hat das Tuch ganze Arbeit geleistet. Beautycase und (Frauen)Werkzeug wird geholt. Die Frauen haben sichtlich Freude an der „Restaurierung", man versucht zu retten, was zu retten ist. Nagellack und Hautcreme werden aufgetragen, natürlich darf auch Schmuck nicht fehlen. Nicht jeder Armreif rutscht bereitwillig auf Martinas Biker-Hände. Schlussendlich sind die Frauen mit dem Ergebnis einigermaßen zufrieden. Martina ist wieder eine Frau.

Beim Trocknen des Nagellacks, neben einem zwei Meter hohen Ventilator, durchblättern wir das wertvolle, vier

Zentimeter dicke Hochzeitsalbum. Wir staunen. Noch nie hatten wir eine so prunkvolle Hochzeit gesehen.

Aus der Teepause wurde ein langer, netter Nachmittag, an dessem Ende noch ein Fototermin auf dem Flachdach des Hauses steht. Durch die Gastfreundlichkeit hatte sich die Panne in einen schönen Nachmittag verwandelt. Erholt und auf viele Arten bereichert fahren wir weiter. Amritsar wartet auf uns.

Die noch verbleibenden ca. 150 km bis Amritsar verlaufen zum Glück ohne weitere Pannen, jedoch nicht ereignislos. Laufend bemerken wir Heiligenfiguren, Zeichen, Handlungen oder Rituale, die wir nicht verstehen. Auf der Mitte einer Brücke halten plötzlich alle Fahrzeuge an. Die Insassen steigen aus und werfen Opfergaben in den Fluss. Blumengestecke, Reis, Kerzen, Plastikfiguren, alles fliegt. Unten im Fluss sammeln (Geschäfts)Leute die Opfergaben wieder auf und verkaufen sie an der Auffahrt zur Brücke. Eine interessante Form von Recycling.

Die rätselhaften Beobachtungen nehmen kein Ende. Über eine Strecke von 150 km begleiten wir einen fast endlosen Menschenstrom, Pilger mit Käfigen auf den Schultern! Sie sind farbenfroh, festlich gekleidet und schultern eine Stange mit leeren, schön mit Tüchern verzierten Käfigen. Den ganzen Nachmittag zerbrechen wir uns den Kopf über diesen Pilgerstrom. Leider kann man außerhalb der großen Städte meist niemanden fragen. Englisch sprechen auf dem Land nur wenige, und das Vokabular reicht oft nicht, um tiefgründige, religiöse Abläufe zu besprechen. Das Rätsel klärt sich für uns daher lange nicht auf. Erst viel später erfahren wir, dass in den Käfigen symbolisch die eigenen Eltern, in Anlehnung an eine Geschichte aus der hinduistischen Mythologie, getragen werden. Erklärungen zu vielen der beobachteten Vorgänge bleiben uns leider verwehrt. Vielleicht macht genau das den Reiz dieser für uns so fremden Welt aus. Wir bedauern, diese einzigartige Kultur, aufgrund unserer fehlenden Sprachkenntnisse, nicht näher ergründen zu können.

Unmittelbar vor uns überquert ein Sattelschlepper eine viel befahrene Kreuzung. Das einzige Problem dabei ist, dass es sich um eine T-Kreuzung handelt! Der LKW fährt geradeaus in die Landschaft und kommt in einem Feld zu stehen. Jeden Tag beobachten wir solche „Aktionen", sind daher abgestumpft und fahren unbeirrt weiter. Gerade, als ich genau hinter dem Anhänger bin, legt der Fahrer den Rückwärtsgang ein und gibt Gas. Augenblicklich bekomme ich meine tägliche Dosis Adrenalin. Es bleibt nicht einmal genug Zeit zum Hupen. Das Heck des Anhängers rammt mich seitlich am Gepäckträger. Das Motorrad wird um einige Zentimeter versetzt und beginnt zu schlingern. Mit vollem Einsatz arbeite ich am Lenker und „reite" Richtung Straßenrand. Mir gelingt es, das Motorrad kontrolliert am Randstreifen anzuhalten. Mein Herz rast. Ich blicke mich nach dem LKW um. Erst jetzt realisiert auch der LKW-Fahrer, dass er etwas gerammt hatte. Mit erhobener Faust schreit er mir lauthals aus dem Führerhaus entgegen. Da ich kein Hindi verstehe, interpretiere ich die Faust und das Schreien als Entschuldigung, welche ich gerne annehme. Außer einem eingedrückten Seitenkoffer ist nichts passiert und wir fahren einfach weiter. In Indien ist nicht die Frage, ob man einen Unfall haben wird, sondern lediglich wann und wie viele.

Martina: *Da hat Mario wohl die wichtigste Verkehrsregel vergessen: Der größere hat immer Vorrang!*

Seit unserer Ankunft sind Krankheiten eine permanente Herausforderung, wir nehmen ununterbrochen Antibiotika. In erster Linie behandeln wir Durchfall. Man kann sich das Mitbringen von Kohletabletten oder Imodium getrost sparen, hilft nichts, absolut nichts. Wir haben den Eindruck, die Bakterien freuen sich über unsere Kohletabletten, genießen diese als willkommene Nahrungsergänzung und vermehren sich prächtig weiter. Die einzige, wirksame Methode, die Bakterien loszuwerden, sind Antibiotika, welche man auch an jeder Ecke kaufen kann. Angina - Antibiotikum, Fieber - Antibiotikum, Entzündung - Antibiotikum, Unfallverletzung - Antibiotikum, usw... Entlang der Straße finden wir immer wieder kleine Apotheken, wo wir unsere Medikamentenvorräte nach Lust und Laune ungehindert füllen können. Auch wenn es in jeder kleinen Ortschaft eine Apotheke gibt, können die dazwischenliegenden Distanzen endlos werden, wenn man nach dem Essen spürt, wie sich das vertraute „Zwicken" in den Innereien unaufhaltsam ausbreitet. Auf einen Schlag sind Land und Leute vergessen bzw. vollkommen „wurscht". Alles, was dann zählt, ist ein „privates" Gebüsch - und eine Apotheke. Beides ist in diesem Fall natürlich unauffindbar. Besonders dramatisch verhält es sich mit den Gebüschen, auch wenn diese nur 10 Meter entfernt sind, scheint die kurze Distanz oft unüberwindbar (und die Privatsphäre ist dann auch egal).

Wir halten im Staub vor einer kleinen Hütte, es ist die lokale Apotheke. Der Verkaufsraum ist gerade mal 10 m² groß, die Einrichtung ist in „sterilem" Türkis gestrichen. Hinter dem

Verkaufspult ein Apotheker im mittlernen Alter, umgeben von einem Lager fein säuberlich sortierter, bis an die Decke gestapelter Medikamente. Auf der anderen Seite des Verkaufspults eine kleine, sehr kleine Gruppe Kunden, im Durchschnitt vielleicht 1,60 cm groß. Mitten in der Gruppe ein 1,80 cm großer mit Bergstiefeln ausgestatteter Ausländer in staubigem Gewand. Ich brauche nur ein Wort sagen: „Diarrhea, - „Durchfall". Den Zusatz „schnell, bitte!" habe ich unmissverständlich durch Mimik und Gestik ergänzt. Der Apotheker muss sich nicht einmal umdrehen, griffbereit hat er einen großen, unbeschrifteten Plastikcontainer, aus dem er, ohne die Miene zu verziehen, Tabletten in einen Zeitungsschnipsel leert. „Three times one tablet per day, sir!" - Antibiotika als Kiloware.

Amritsar - Harmandir Sahib

Ein guter Reisender hat keine festen Pläne
und denkt nicht ans Ankommen. – Lao Tzu

Menschenmassen, Krabbelkäfer, Kühe und noch mehr Menschen in Massen - wir sind in Amritsar. Die Stadt brodelt richtig vor Leben und wird täglich von mehr als 100.000 Gästen, meist Sikhs, besucht. Auf den mehrspurigen Straßen im Zentrum ist eine Einbahnregelung eingerichtet, um etwas Ordnung herzustellen. Das Zentrum ist für den motorisierten Verkehr gesperrt, der gesamte Stadtteil rund um den Tempel wird für die unzähligen Pilger freigehalten. Alle strömen zum heiligsten Platz der Sikhs, Sri Harmandir Sahibdem, den goldenen Tempel, besser bekannt als ਸ੍ਰੀ ਹਰਿਮੰਦਰ ਸਾਹਿਬ. Wir sind einen Kopf größer als die meisten Besucher, daher fällt es uns leicht, das Geschehen zu überblicken. Für uns fast unbegreiflich, 100.000 Besucher, mehr als bei einem Rolling Stones Konzert. 24 Stunden am Tag. 365 Tage im Jahr und wir sind offensichtlich die einzigen Nicht-Inder.

Zu Hause kennt fast niemand diese für die Sikhs so wichtige Pilgerstadt. Auch wir sind ungeduldig, den Tempel zu sehen und stürzen uns noch am Tag unserer Ankunft in die Menschenmassen, um Harmandir Sahib, den goldenen Tempel, zu besuchen. Der Weg dorthin ist einfach zu finden, wir lassen uns einfach vom (Menschen)Strom in seine Richtung treiben. Die Straße als solche ist kaum zu erkennen, bis zum Horizont erstreckt sich ein Flickenteppich aus Pilgern, die grundsätzlich zu Fuß unterwegs sind, nur wenige lassen sich in Rikschas chauffieren. Nicht wenig staunen wir, als in der Menge vor uns ein prächtig, als Maharaja gekleideter Rikschafahrer, auftaucht. Obwohl er mit seiner Kundschaft hinten auf dem Fahrrad schwer zu tragen hat, macht er einen professionellen Eindruck und ist mit dem hohen, schwarzen Turban auf seinem Kopf ein prächtiger Anblick. Genauso rasch, wie er aus der Menge auftaucht, fährt er mir über die Zehen und verschwindet, bevor ich einen Schrei von mir geben kann, wieder in der Menge.

Die Pilger strömen entlang alter Kolonialhäuser, deren Fassaden aufwändig mit filigranen Schnitzarbeiten verziert sind. Die Fassaden sind zwar schön anzusehen, wurden jedoch offensichtlich noch nie renoviert. Wir fürchten von einer maroden Fassade im Vorbeigehen erschlagen zu werden. Es ist sehr unwahrscheinlich, dass es in Hindi ein Wort für „Restauration" gibt. Entlang der Gehsteige bieten Straßenhändler, im Schneidersitz auf dem Boden, auf Decken ruhend, ihre Waren und Dienstleistungen an. Es werden Bärte getrimmt, Haare geschnitten, Tattoos mit einfachen Nadeln gestochen, Schuhe repariert oder Ohren gereinigt. Alle haben eine exakt gleich große Verkaufsfläche, ein großes Tuch mit ca. 1,5 m² ausgebreitet. Am kuriosesten für uns ist der „Zahntechniker". Im Schneidersitz arbeitet er auf seinem Tuch und hat eine beeindruckende Anzahl alter Gebisse, Zähne und Werkzeuge vor sich liegen. Wir können uns absolut nicht vorstellen, dass sich jemand auf dem staubigen Gehsteig ein gebrauchtes Gebiss anpassen und einsetzen lässt.

Go with the flow - wir lassen uns weiter treiben. Alle Wege führen zum goldenen Tempel. Als endlich das imposante Bauwerk aus weißem Marmor am Horizont auftaucht, wird Martina von einem Tuchhändler mit langem weißem Bart entdeckt. Sie benötigt ein Kopftuch, um die heilige Stätte zu betreten. Einige Rupien wechseln den Besitzer, der Händler ist zufrieden, und Martina ist gewappnet. Einladende Marmortreppen bilden den Aufgang zur Tempelanlage. Am Eingang nimmt sich eine professionell organisierte Garderobiere der Jacken, Hüte und vor allem der Schuhe an. Von hier an müssen alle Pilger barfuß weitergehen. Nach dem Waschen der Füße und Hände geht es vorbei an hochgewachsenen Tempel-Wächtern, traditionell gekleidet in Kurta, einer Art Kutte, mit breitem Gürtel, hohem Turban und Lanze zur Abwehr von Eindringlingen. Die Wächter sehen genau aus, wie man sich eine indische Wache aus dem letzten Jahrhundert vorstellt. Nach vier Indiana Jones Filmen und 100 Wiederholungen wissen wir ganz genau, wie so eine Tempel-Wache auszusehen hat.

Halt! Die Wache will Martina nicht passieren lassen, sie wird durchsucht. Ihre Tasche ist verdächtig, sie könnte – Schuhe!! - beinhalten! Als wir die letzten Schritte durch das Haupttor der Anlage schreiten, ist es schon dunkel. Wir treten ein und vor uns liegt ein riesiger, schwarzer See. Inmitten des Sees strahlt der Goldene Tempel. Alte Bilder zeigen den Tempel in grüner idyllischer Landschaft. Heute befindet sich die riesige Anlage mitten im Herzen der Großstadt Amritsar. Das gesamte Areal wird indisch dezent (bei 300 dB) mit Sprechgesängen bzw. Gebeten beschallt. Aaadalahpedewallah.mp3 lautet der Dateiname unserer Audioaufnahme. Der Dateiname ist kein Schreibfehler, sondern beschreibt den Inhalt objektiv.

Martina: *Mich fasziniert vor allem ein Inder, der bekleidet bis zur Brust im Wasser steht und ganz langsam einen langen Stab an der Wasseroberfläche entlangschiebt. Es dauert eine Weile, aber dann begreife ich: das Wasser wird gereinigt, die Algen an der Oberfläche in eine Richtung geschoben. Er hat noch etwas Arbeit vor sich. Noch ist die Wasserqualität nicht so gut, dass ich die Hände hineinhalten möchte. Er erklärt uns auch, dass der Schmutz aus der Luft kommt, Abgase, die sich in der Wasseroberfläche sammeln. Ich bin skeptisch. Schaut genau aus wie Algen bei uns zu Hause.*

Die trotz der vielen Besucher friedliche Atmosphäre begeistert uns. Die gesamte Tempelanlage strahlt (trotz Beschallung) Wärme, Geborgenheit und Frieden aus. Wir fühlen uns wie zu Besuch in einer anderen Welt. Langsam und ruhig spazieren wir um den See, beobachten die Gläubigen bei den rituellen Waschungen, lassen das Geschehen und den Tempel auf uns wirken. Wir genießen den Moment. Gerade als wir am Eingang des Tempels vorbeikommen, werden wir Zeuge, als Guru Granth Sahib, umgeben von tausenden Pilgern, auf einer Sänfte ins Sukhasan zur Nachtruhe getragen wird. Alles ganz friedlich und besinnlich. Guru Granth Sahib ist keine Person, kein Prediger, sondern die Heilige Schrift der Sikh, gleichzustellen mit der Bibel der Christen, aus der den ganzen Tag in einem Schrein vorlesen wird. Am Abend wird das Heilige Buch in den zentralen Tempel, den Sukhasan, zur Nachtruhe getragen. Täglich eine Prozession tausender Gläubiger die dem Buch, getragen auf einer Sänfte, zur Nachtruhe folgen. Die ganze Nacht umrunden daraufhin tausende den Sukhasan, den Tempel im See, in dem die Schrift ruht.

Martina: *Bin wieder etwas irritiert über die unterschiedlichen Erinnerungen, die Mario und ich an den Tempel haben. Ich war zweimal dort, einmal tagsüber mit Musik und gekauftem Tuch. Und einmal am Abend – da ist es dann viel leiser, die Leute schlafen in und um den Tempel am Boden. Und ich leihe mir einen der wunderschönen leichten Kopfschals aus, die es dort gratis gibt, anstatt nochmal das leuchtend orange Kopftuch vom Nachmittag zu tragen.*

Ein Detail fasziniert uns besonders. Kein Pilger soll Hunger leiden, deshalb wird jeder Besucher kostenlos verpflegt! In einer riesigen Küche helfen Ehrenamtliche täglich, Essen für 80.000 Hungrige zu bereiten. Die Zutaten werden von Spenden gekauft, in der Küche helfen alle unentgeltlich mit. Man stelle sich vor: in Rom, im Petersdom, würde von den Besuchern nicht Eintritt kassiert, sondern jeder wird kostenlos verköstigt. Egal, welchen Glaubens, egal, welcher Herkunft. Wir nehmen am Essen nicht teil, da wir uns als einzige Europäer in der Anlage etwas fremd fühlen und wir das Speisen mit den Fingern vorher etwas üben möchten (um uns nicht zu blamieren). Die geistige Grundhaltung der Sikhs gefällt uns sehr.

Endlich findet sich Zeit, einige Fehler an den Motorrädern zu beheben. Schon BALD AM MORGEN, als sich die Sonne noch hinter den Häusern versteckt und es mit 37°C noch angenehm kühl ist, beginne ich aus Draht und Isolierband einen neuen Kabelbaum für den Scheinwerfer zu basteln. Die Reparatur beginnt zunächst mit lautem Lachen. Jeder Blick auf meine „Werkzeugtasche" aus alten Lumpen und einem Haufen Rost (Werkzeug) darin, zaubert mir unweigerlich ein Lächeln aufs Gesicht. Das aus Delhi mitgebrachte Werkzeug ist ein Witz.

Um 10 Uhr, das Thermometer zeigt 43,7°C, beginne ich langsam zu schwitzen und beschließe, die Arbeiten zu beenden. Sogar neue Zündkerzen konnte ich organisieren und nach der Reparatur gehen die Motorräder (zumindest die Motoren) wieder richtig gut. Die Gepäckträger waren leider auf dem Weg hierher auch abgefallen und müssen geschweißt werden. Die Strecke ist noch nicht besonders holprig, wir sind noch weit weg von den Bergen, trotzdem brauchen wir schon einen Schweißer. Von jetzt an werden Spanngurte und Gummis das Gepäck am Motorrad halten, dem Gepäckträger vertrauen wir trotz Reparatur (oder genau deswegen) nicht mehr. Unsere Spanngurte stellen sich später noch als sehr wertvolle Hilfsmittel heraus und sind seither fester Teil unserer Ausrüstung.

Martina: *An dem Tag fällt mir das erste Mal auf, dass ich mich schnell an die indische Kostenstruktur gewöhnt habe. Ein Motorradwäscher bietet seine Dienste an. Unsere Bikes sind wirklich dreckig von den zahlreichen Schlaglöchern und so. Aber er will umgerechnet einen Euro. Pro Bike!! Das ist ein Vermögen und ich erzähle dem netten jungen Mann, dass die Patina das Motorrad schützt.*

Wachablöse

Gehe einmal im Jahr dorthin,
wo du noch niemals warst. – Dalai-Lama

Amritsar befindet sich in unmittelbarer Nähe einer weiteren, sehr außergewöhnlichen Attraktion: der indisch-pakistanischen Grenze. Das kuriose an Wagah, dem einzigen Grenzübergang zwischen Indien und Pakistan, ist, er wird weder von Pakistanis noch von Indern genutzt. Er gibt grundsätzlich keinen Grenzverkehr zwischen den beiden Ländern. Zu groß sind die Differenzen zwischen den seit 1947 getrennten Nationen. Dennoch strömen täglich tausende Besucher an die Grenze, um Zeuge einer besonderen Show zu werden: der Grenzschließungszeremonie.

Die Fahrt von Amritsar an die pakistanische Grenze verläuft entspannt. Für uns ist es eine Art Probefahrt nach den Reparaturen. Wir sind natürlich die einzigen Ausländer, die mit Motorrädern an die Grenze kommen. Streng sind die Sicherheitskontrollen für die Besucher der Zeremonie. Es werden mehrere Reihen gebildet, die Besucher müssen durch einen Metalldetektor und werden zusätzlich noch untersucht. Wir Ausländer haben jedoch einen Spezialstatus. Wir werden an den Mengen vorbeigeführt und dürfen nach kurzer, freundlicher Untersuchung weitergehen.

Martina: *So sehr es mich auch manchmal aufregt, dass die Preise für die Touristen aus dem Westen 10 bis 100 Mal (!!) so hoch sind wie für die Einheimischen - sich einige Stunden Anstellen ersparen, ist dann doch auch wieder sehr nett.*

45

An der Grenze, am Schlagbaum zwischen Indien und Pakistan angekommen, zeigt sich ein ungewöhnlicher Anblick. Auf beiden Seiten der Grenze sind Tribünen für tausende Besucher aufgebaut. Die Wachablöse bzw. die Schließung der sowieso geschlossenen Grenze ist seit Jahrzehnten ein Schauspiel für Reisende in der Gegend. Unter tausenden Schaulustigen sind wir ausnahmsweise einmal nicht die einzigen Europäer. Wir fragen uns aber, wo die alle herkommen - wir haben seit Delhi keine europäischen Touristen mehr gesehen.

Speziell ausgewählte, großgewachsene Soldaten mit imposanten Bärten marschieren in Formation. Es wird den Zusehern eine hervorragende Show geboten. Mit lauten Kommandos marschieren die Soldaten im Stechschritt auf den Schlagbaum zu. 50 cm hohe Hüte unterstreichen den imposanten Auftritt. Nicht minder imposant marschieren die pakistanischen Soldaten auf der anderen Seite des Schlagbaums auf. Bemerkenswert ist der Schritt auf beiden Seiten. Die Füße werden unter Gebrüll bis weit über den Kopf hinauf gerissen. Die Menschenmenge ist außer sich. Die Soldaten werden auf beiden Seiten lauthals bejubelt. Sprechgesänge und Parolen singen die Besucher auf beiden Seiten der Grenze. Wir verstehen leider kein Wort, aber sinngemäß: „Hindistan - Pakistan - halaalalaa - trallalal - Pakistan - Hindistan". Nach einer Stunde Parade, Geschrei, feierliches Einholen der Flaggen beider Länder, fallen riesige Eisentore, welche die beiden Länder zusätzlich trennen, lautstark in die Schlösser, die Grenze ist geschlossen, das Spektakel vorbei. Täglich dasselbe Schauspiel, seit 1959.

Letzte Station vor den Bergen

Zu reisen ist zu leben. – Hans Christian Andersen

Die Motorräder sind wieder in Schuss, es kann uns nichts mehr halten - auf nach Kaschmir. Kaschmir liegt bereits in den Bergen, wir freuen uns ungemein, bald der Hitze zu entfliehen. 200 km verläuft unsere Weiterfahrt absolut problemlos, dann die Katastrophe. Die HUPE ist tot - Totalausfall des lebenswichtigen Organs. Wir erweisen uns als Profis. Die defekte Hupe wird abgeklemmt und eine Reserve-Hupe angeschlossen. Wir sind auf alle Eventualitäten vorbereitet, lebenswichtige Organe werden doppelt mitgeführt.

Es geht weiter, aber nicht sehr weit. Schon in einer der nächsten Ortschaften verstummt das gewohnte „Tuff, tuff, tuff…" meines Motors, Stille tritt ein, die Elektrik (und somit auch die Zündung) fällt wieder aus. Vom ersten Reisetag an war wiederholt an unseren Motorrädern die Elektrik ausgefallen, nur hatte ich in Amritsar eine neue Verkabelung gebastelt. Jetzt bin ich mit meiner Weisheit am Ende. Martinas Motorrad scheint seit der Reparatur einwandfrei zu funktionieren, nur meines fällt in unregelmäßigen Abständen von 10 - 600 km aus. Ich nehme mir vor, nochmal alles besonders sorgfältig zu überprüfen und den Fehler ein und für alle Mal zu finden und zu beseitigen. In aller Ruhe beginne ich am Straßenrand das gesamte Motorrad zu zerlegen. Sitz weg, den Tank baue ich ab, den Kabelbaum lege ich frei, jedem einzelnen Draht versuche ich nachzugehen. Wir sind zum Glück nicht unter Zeitdruck. Aus einer Glühbirne und etwas Draht bastele ich eine Prüflampe. Martina fährt in den nächsten Ort, um nochmal einige Sicherungen zu organisieren. Allmählich bildet sich eine Traube Schaulustiger um mich. Aufmerksam beobachten sie jeden meiner Handgriffe. Die Zuseher werden mehr und mehr, die Menge wächst unaufhörlich. Als Martina zurückkommt, kann sie mich in der Menge auf den ersten Blick nicht mehr finden. Die Leute sind grundsätzlich sehr freundlich, hilfsbereit und möchten sich unbedingt einbringen, sprechen aber kein Wort Englisch.

Es beginnt ganz harmlos, einer traut sich, als erster zu „helfen". Er versucht das Motorrad mit dem Kickstarter zu starten, während ich abseits arbeite. Die Menge hört gespannt hin, ob das Motorrad anspringt. Ich schenke dem Versuch keine Aufmerksamkeit, er soll ruhig starten, der Tank liegt neben der Batterie ausgebaut in der Wiese. Nach dem erfolglosen Startversuch möchte sich jetzt jeder einbringen. Einer will tanken, Batteriewasser könnte fehlen, der Luftdruck ist verdächtig niedrig. Jeder bringt nicht nur seine Vorschläge ein, jeder beginnt dann aber auch gleich seine Reparatur-Ideen umzusetzen! Das geht leider zu weit. Meine Hinweise, dass wir keine Hilfe benötigen, werden nicht gehört. Wir beschließen zu flüchten irgendwo hin, wo wir in Ruhe arbeiten können. Wir packen so rasch wie möglich unsere Sachen. Martina möchte mich mit einem Zurrgurt zur nächsten Werkstatt schleppen. Ich muss nicht unbedingt in eine Werkstatt, ich will nur weg von den Helfern. Ich möchte in Ruhe den Fehler suchen, ohne dass jemand startet, während ich die Zündkerze in der Hand halte und dann auch noch anfängt, den Ge-päckträger abzubauen. Gerade, als wir aufsteigen (bzw. flüchten) möchten, spricht jemand Englisch. Von uns un-bemerkt hatte die Menge per Taxi einen Dolmetscher or-ganisiert, um uns zu helfen. Wow, die Leute auf dem Land sind wahrlich keine Ingenieure, aber von der Hilfsbereit-schaft könnten wir uns was abschauen. Der Dolmetscher wird unser Fluchthelfer. Er bietet an, uns zu einer Werk-statt zu bringen.

Nach einer Pantomime-Diskussion, dass wir zwar dankbar sind für den angebotenen Hanfstrick, aber unser Zurrgurt sicher mehr aushält, sind wir bald startklar. Martina bindet die Motorräder zum Abschleppen zusammen. Als wir schon losfahren, werden wir nochmal von den Leuten angehalten. Der Knoten wird nochmal gelöst und neu, or-dentlich von einem Mann gebunden (Martinas Seemanns-knoten sieht wohl nicht vertrauenserweckend genug aus). Endlich, die Menge wird im Rückspiegel immer kleiner. Wenige Kilometer später erreichen wir eine kleine Werk-statt. Alle Mechaniker legen sofort die Arbeit nieder, um uns zu betreuen. Eigentlich möchte ich selbst den Fehler beheben, das geht in Indien jedoch nicht. Jedem wird geholfen, ob er will oder nicht. Der Chef selbst versucht zu starten und kann sofort eine erste Diagnose stellen - sie springt nicht an. In diesem Fall kann leider kein Mechaniker mehr helfen, ein Reparatur-Guru muss her. Zum Glück gibt es nicht nur einen, sondern DEN Enfield-Guru schlechthin, gleich in der Nähe (konkret N 32.802684, E 74.919147). Sofort wird nach dem Guru geschickt. Ich seufze (habe ja schon eine Prüflampe und möchte nur in Ruhe den Fehler suchen).

Martina: *Als wir uns verabschieden, frage ich den netten Sikh-Dolmetscher, ob es ok ist, wenn ich ihn zum Abschied umarme. Er war so um uns bemüht und hat mich mit Mangos gefüttert! Ich drücke ihn ganz fest. Und erst später fällt mir auf, dass er nie ja gesagt hat. Hoffentlich habe ich ihn nicht um einen Platz im Himmel gebracht. Wikipedia meint später allerdings nur, dass „außereheliche Beziehungen" nicht erlaubt sind. Ich hoffe, er kriegt nur eine Verwarnung.*

Um die Wartezeit zu verkürzen, werden uns Mini-Mangos gereicht, netter Service. Wir unterhalten uns prächtig mit den Mechanikern. Alle haben die Arbeit niedergelegt und versuchen mit uns irgendwie zu kommunizieren. Nach wenigen Minuten taucht auch schon der Guru auf. Seinem Ansehen entsprechend, trägt er eine ernste Miene zur Schau. Er hat mit Henna rot gefärbte Haare und einen Wohlstandsbauch. Ohne ein Wort zu sagen, ohne die Miene zu verziehen, klemmt der Guru den Scheinwerfer ab. Ich schüttle ungläubig den Kopf, hatte ich die Verkabelung in dem Bereich doch schon geprüft. Der Guru startet, das Motorrad springt sofort an! Am liebsten möchten sich alle vor DEM Guru verneigen. Als er zur Testfahrt aufsitzen möchte, stirbt das Motorrad wieder ab. Es herrscht Stille. Jeder wartet gespannt die nächsten Schritte des Gurus ab. Er klemmt noch einen Teil vom Kabelbaum ab, er startet und das Motorrad springt auch sofort wieder an. Unverzüglich tritt er die Probefahrt an, reitet dem Sonnenuntergang entgegen und verschwindet am Horizont. Alle starren gespannt in die Ferne, warten auf seine Rückkehr, die Zeit vergeht wie in Zeitlupe. Nach einiger Zeit taucht seine Silhouette am Horizont wieder auf, nähert sich jedoch nur ganz langsam. Er schiebt das Motorrad zurück. Als er zurück in die Werkstatt kommt, ist es dunkel. Da seine Reparatur bisher erfolglos war, macht er Andeutungen, jetzt seinen Guru-Joker ins Spiel zu bringen. Alle folgen gespannt jedem seiner Handgriffe. Jeder möchte sich einen Teil seiner Weisheit einverleiben. Klarer Fall für den Guru, die Sicherungen sind das Problem. Die 20A muss gegen eine 25A getauscht werden. Ich protestiere. Die originale 10A Sicherung ist mehr als ausreichend. Der Guru besteht auf eine stärkere Sicherung. Zum Glück gibt es weit und breit keine Sicherungen. In einer Werkstatt benötigt man offenbar nie welche, ein wirklicher Mechaniker baut sich seine Sicherungen selbst! Die Litzen eines Drahtes werden einzeln in die Sicherungshalterung gelegt, je mehr Litzen, desto stärker die Sicherung.

Genauso machen wir es auch, nach dem Einbau einer neuen „Sicherung", springt das Motorrad sofort wieder an. Da es schon dunkel ist danke ich allen für die tolle Reparatur. Ich möchte einfach nur weg von der Werkstatt damit ich den wirklichen Fehler in Ruhe suchen kann. Tatsächlich fährt das Motorrad mit der geflickten Sicherung bis weit hinter den Horizont. Am Ende schleppt mich Martina zu einer Unterkunft. Wir lassen es für den heutigen Tag sein. Vielleicht finde ich BALD AM MORGEN irgendwo ein heimliches Versteck, um den Fehler in Ruhe zu suchen.

Jetzt noch ein kleines Abendessen und ab ins Bett. Zum Glück befindet sich vor der Unterkunft eine Dhaba, in der einsam ein Koch steht. Wir geben ihm zu verstehen, dass wir noch was zu essen möchten. Er versteht uns offensichtlich und beginnt sofort einen riesigen Haufen Chili zu schneiden und anzubraten. Meine Augen werden groß, ich gestikuliere wie verrückt mit Händen und Füßen, NEIN KEINE CHILI, und auch nicht 3 Portionen davon. Der Koch lässt sich jedoch nicht abbringen, er kocht weiter. Als er fertig ist, bereitet er drei große Teller und bringt das Essen an den Nachbartisch. Alle Aufregung umsonst. Wir bekommen speziell mildes Essen serviert.

Die Nacht (in Samba) ist ein einziger Alptraum. Kein Strom, keine Aircondition, kein Licht, 40°C, nur Moskitos, Moskitos, Moskitos....

Martina: *Das andere Hotel wollte Mario nicht, und das nur wegen der gebrauchten Kondome auf dem Nachtkästchen und den weiß-nicht-was-Flecken auf dem Leintuch.*

Da an Schlafen nicht zu denken ist, werke ich schon BALD AM MORGEN an dem Motorrad, kann aber den Fehler nicht finden. Es funktioniert alles einwandfrei. Ich kann den Grund für die zeitweisen Ausfälle nicht herausbekommen. Wir wollen nicht mehr warten, keine Fehler mehr suchen, wir wollen in die Berge und brechen auf.

Glücklicherweise fährt das Motorrad die nächsten 149 km ohne Probleme, auch als wir uns in der Stadt Jammu stundenlang verfahren - Wegweiser: Fehlanzeige. Jammu bildet die Grenze zum Himalaya. Von jetzt an geht es hinauf in die Berge, langsam aber stetig, über hunderte Kilometer. Die Straßen werden immer enger und führen durch dichte Wälder. Die Steigung ist gering, reicht jedoch aus, die Geschwindigkeit der maßlos überladenen LKWs auf Schritttempo zu reduzieren. Man stelle sich eine 250 km lange Kolonne von LKWs vor, die sich im Schritttempo die Berge hinaufbewegt. Oft beobachten wir ewig lange Überholmanöver bei denen ein 15 km/h langsamer LKW von einem Raser mit 16 km/h überholt wird. Aufgrund der schlechten Sicht, der Serpentinen und dem vielen Gegenverkehr sind wir gezwungen, stundenlang dem Tross zu folgen, eine nervenaufreibende Angelegenheit.

Nach ewiger Kolonnenfahrt wird es Martina zu bunt, ihr Geduldsfaden reißt und sie entscheidet, links auf dem Randstreifen einen LKW zu überholen. (Anm. Martina: *Der LKW-Fahrer hat offensichtlich extra für mich Platz gemacht! Zwischen LKW und einer ein Meter tiefen, scharfkantig betonierten Regenrinne sind zwei Meter Platz!*) Als Martina am LKW vorbeisaust, kommt plötzlich Gegenverkehr und der LKW muss an den Rand fahren. Es gibt absolut keine Möglichkeit anzuhalten oder auszuweichen.

Schade, es war eine schöne Zeit mit ihr!

Der Abstand wird immer schmaler. Martina ist noch nicht am LKW vorbei. Es geht sicher nicht gut aus! Ein Sturz in den Abgrund ist unvermeidbar. Der Hinterreifen schwebt halb im Leeren. Vollgas. Motorradteile fliegen. Der Auspuff schrammt über den Boden, ein kurzer Sprung aus der Rinne und sie ist vorbei am LKW. Selbst dem hartgesottenen LKW-Fahrer steht der Mund offen, als Martinas Motorrad aus dem Graben schießt und am LKW vorbeifährt.

Gelernte Lektion: Links Überholen ist auch in Indien nicht unproblematisch und der riesige Abstand zwischen LKW und Rinne oder Mauer ist NICHT für Martinas reserviert. Den lassen sie frei, damit sie im Notfall noch ausweichen können und nicht selbst im Graben landen. Pinkelpausen gibt es jetzt keine mehr - wir verteidigen unseren Platz in der Kolonne.

Martina: *Ich bin stolz auf mich. Abgesehen davon, dass ich mich fast umgebracht hätte, habe ich in einer brenzligen Situation richtig reagiert und Gas gegeben.*

Folgende Situation ist völlig normal: im Gegenverkehr setzt ein Auto an, einen LKW zu überholen. Gleichzeitig setzt ein Pick-up an, das überholende Auto zu überholen. Gleichzeitig setzt ein Minivan an, den Pick-up zu überholen. Alle kommen dir aufgereiht nebeneinander mit Vollgas entgegen (Gottseidank ist Vollgas hier nicht schnell). Du bist das schwächste Glied, ganz unten in der Rangordnung. Was machst du? Du machst dir keine Sorgen und gibst Gas. Wir lernen: Irgendwie geht das immer gut aus - meistens.

Unaufhörlich winden sich die Straßen in den Himmel. Die Strecke Samba - Srinagar ist zwar nur 280 km lang, aber in einer Tagesetappe absolut nicht zu schaffen. Auf 2.000 mSeehöhe üNN. (Martina: wo hat Mario nur die Bezeichnung üNN her? Noch nie gehört, Wikipedia gefragt: Über Normal Null. Früher offizielle amtliche Bezugshöhe in Deutschland und genau genommen stimmt die Bezeichnung nicht für Gebiete außerhalb Europas. Hm. Also für alle, die das auch nicht kennen, Mario meint Höhenmeter.) halten wir in der Dämmerung an einer im Wald gelegenen Unterkunft. Nach den abendlichen Reparaturen beschließen wir, einen Spaziergang zu einer Dhaba, die wir an der Fahrt zur Unterkunft passiert hatten, zu unternehmen.

Dort angekommen riecht es schon von weitem nach Essen. Uns läuft das Wasser im Mund zusammen. Es ist stockdunkel, wir fühlen uns unbeobachtet, doch unsere Absicht, die Dhaba, eine einfache Blechhütte, zu betreten, ist so augenfällig, dass ein Autofahrer stehen bleibt und uns anspricht.

Naiv wollten wir einfach die Hütte betreten, etwas essen und wieder heimkehren. Wir werden aufgeklärt: Zuerst müssen wir (mitten im Wald) die Schuhe ausziehen. Nein, zurück, die Schuhe doch wieder anziehen, zuerst müssen wir, die Hände waschen! Ein Becher Wasser wird geholt und wir waschen uns vor der Türe die Hände, ziehen die Schuhe wieder aus und treten ein. Alle Augen richten sich auf uns. Wir stehen in einer ca. zehn Quadratmeter großen Wellblechhütte, eine schwache Glühbirne baumelt in der Mitte von der Decke. An den Wänden entlang stehen aufgereiht Sessel, auf denen die Besucher sitzen und, wie hier üblich, mit den Händen Reis zu sich nehmen. Wir fühlen uns sehr deplatziert, wie Außerirdische. Es ist jedoch das einzige Gebäude, außer unserer Unterkunft, weit und breit. Offenbar sehen wir sehr verloren aus, da unverzüglich jemand auf uns zukommt und sich um uns kümmert. Im Nu wird Reis aus einem großen Topf geschöpft (eher ein Reisbottich, wirklich groß, nein, noch größer, noch viel größer - so groß wie ein Traktorreifen!), darüber Linsensuppe - Dal Bhat (besser als nichts). Niemand spricht ein Wort, eine sehr befremdliche Stimmung. Erst, als wir für unser Essen zahlen möchten, klärt sich die Situation auf. Wir dürfen für das Essen nicht bezahlen, angebracht wäre eine Spende für den Schrein. Die Wellblechhütte ist eine Labestation für Pilger und kein Restaurant! Weiter oben in den Bergen befindet sich ein beliebter Tempel, zu dem Gläubige aus dem ganzen Land pilgern. Entlang der gesamten Strecke zum Tempel befinden sich Labestationen für die erschöpften Pilger. Wir sitzen also mitten unter Pilgern und werden selbstverständlich mit verköstigt. Das gefällt uns, stellt euch vor: Kostenlose Verpflegung für die Gläubigen auf dem Weg nach Mariazell.

Martina: *Die Verpflegung auf dem Weg nach Mariazell würde auch den Indern gefallen – ein Schnapserl und noch ein Schnapserl und vielleicht noch ein kleines Schnapserl.*

Zurück in der Unterkunft, als wir gerade schreiend die Gänge auf- und ablaufen, lernen wir unsere Zimmernachbarn kennen. Es sind Pilger. Wir zeigen ihnen die handtellergroße schwarze Spinne in unserem Zimmer, aus deren Hinterleib gerade gezählte 1.000.000.000 Babyspinnen schlüpfen, die quirlig entlang der Wände unseres Zimmers laufen.

(Martina: *Das ist nur ein Kokon, aus dem die Babyspinnen kommen. Aber „nur" ist vielleicht doch nicht der richtige Ausdruck – der Kokon hat mehr als 3 cm Durchmesser und die Spinne ist noch um einiges größer)*

Unsere Nachbarn kennen die Spinne auch nicht, laden uns aber auf ihr Zimmer ein, um mit ihnen etwas zu pilgern. Da unser Zimmer eher einem Terrarium im naturhistorischen Museum gleicht, willigen wir freudig ein.

Im Zimmer unserer Nachbarn treffen wir eine kleine Gruppe Pilger, geistlich vertieft mit einer Flasche Whisky. Alle freuen sich über unseren Besuch, wegen der Abwechslung, sind gut gelaunt und machen Scherze. Sie sind aufgrund der intensiven „geistlichen Beschäftigung" bereits in einem Stadium, in dem sie keine Gläser mehr zum „Pilgern" benötigen. (In unserem Tagebuch vermerken wir: Wahnsinn, die trinken nicht, die saufen volle Wäsche!) Wir verstehen, warum Pilgern in Indien so beliebt ist. Wir nennen das Urlaub, Urlaub ist in Indien wiederum unbekannt. Die Stimmung der Männergruppe ist auf dem Höhepunkt, als sie auf unserer Kamera (unverfängliche) Bilder von Martina beim Nacktbaden in Norwegen entdecken. (Martina: Nur der Kopf, sonst ist nichts zu sehen!) Jeder will die Bilder sehen. Langsam wird die Stimmung etwas zu ausgelassen. Offensichtlich hatten diese Inder nicht allzu viel Übung im Pilgern. Trotz Verdünnen des Whiskys mit Wasser im gleichen Verhältnis wie Orangensirup zu Hause (1:7) werden sie sehr schnell sehr ausgelassen. Einen verlässt die Koordination beim Würzen der Speisen und er schüttet ¼ kg schwarzes Salz über das Essen. (Schwarzes Salz ist verunreinigtes Salz und schmeckt je nach Verunreinigung schwefelig oder metallisch.) Wir nützen die Gelegenheit, um uns zu verabschieden und in unser Terrarium zurückzukehren. Als Pilger sind wir offenbar blutige Anfänger.

Nur noch 100 Kilometer trennen uns von Srinagar, der Hauptstadt von Kaschmir. Am anderen Ende eines kilometerlangen unbeleuchteten Tunnels ist endlich die Hochebene erreicht, in der Srinagar liegt, wir sind in Kaschmir. Die Landschaft ändert sich abrupt. Auf einer Anhöhe halten wir und blicken hinunter auf weite Felder, mit ca. 16°C ist es angenehm kühl, wir sehen weit und breit keine Leute – es gefällt uns. Als wir wieder weiterfahren, fällt uns dann doch eine ungewöhnliche Eigenheit auf. Entlang der Straße, in Sichtabstand zueinander, postieren Soldaten mit Maschinengewehren. Was ist hier los? Als Martina kurz in die Büsche verschwinden möchte, scheucht sie ein versteckter Soldat wieder heraus. Sie soll doch die Toilette in die Kaserne verwenden!

Martina: *Nach einem kurzen Blick auf die Kaserne, kommt mir das auch nicht so verlockend vor und ich beschließe, in einigen Kilometern nochmal mein Glück zu versuchen.*

Meine arme Blase. Die Soldaten stehen in Sichtabstand zueinander über viele, viele Kilometer.

Was uns am meisten freut und sicher zur guten Laune beiträgt, wir haben endlich den Grund für die vielen Ausfälle in der Elektrik gefunden! Eine unter der Hinterradschwinge versteckte Leitung zum Bremslichtschalter war durchgescheuert und berührte manchmal den Rahmen. Das ist schnell repariert, von jetzt an gibt es keine nennenswerten Probleme mehr mit den Motorrädern - juhu.

Kaschmir

Srinagar

Zu reisen heißt zu entdecken, dass jeder über andere Länder falsch liegt. – Aldous Huxley

In Srinagar angekommen nehmen wir gleich das erstbeste Hotel. Nach der langen Fahrt haben wir keine Lust auf langes Suchen. Okay, vielleicht doch etwas Suchen. Im ersten Hotel war das Zimmer schon besetzt mit Kakerlaken, vielen Kakerlaken. Im zweiten Hotel, einem schönen Kolonialhaus, schlafen die zwei Mitarbeiter der Rezeption gemeinsam auf einer Matratze unter der Stiege. Das ist besser als Kakerlaken, das nehmen wir. Srinagar ist in vielen Aspekten anders als typische indische Städte. Der größte Unterschied zum typischen Indien ist der abrupte und ganz offensichtliche Schwenk von der hinduistischen Kultur auf eine stark muslimisch geprägte. Von den Minaretten rufen die Muezzins regelmäßig zum Gebet, die Frauen tragen zumindest Kopftücher. Eine andere Besonderheit in Srinagar sind hunderte, langsam sinkende Hausboote auf dem riesigen See, an dem die Stadt liegt, dem Dal See.

Doch da gibt es noch eine Eigenheit, die uns auffällt, je länger wir in der Stadt sind. Neunzig Prozent der Leute gehen mit uns ganz normal um, doch einige Zwischenfälle zeigen uns, dass hier nicht alle etwas mit Ausländern zu tun haben möchten. In einem stark besuchten Lokal weist uns ein Kellner einen Platz an einem Tisch mit anderen Gästen zu. Als wir Platz nehmen, sehen uns die Gäste am Tisch an, lassen Essen und Trinken stehen und verlassen wortlos das Lokal. Ein anderes Mal, an einer Verkaufsbude, werde ich komplett ignoriert. Ich blicke dem Verkäufer in die Augen, spreche ihn direkt an. Dieser ignoriert mich, behandelt mich wie Luft, spricht nur mit den Einheimischen. Vergleichbares war uns im hinduistischen Indien nie passiert. In einer weiteren Situation erklärt uns gerade ein Lehrer die Sehenswürdigkeiten der Stadt, als uns ein vorbeigehender Muslim als Ausländer (als Christen oder sonstige Bedrohung) erkennt. Seine Augen weiten sich, er nimmt eine brennende Zigarette in die rechte Hand, erhebt diese, als ob die Zigarette eine gefährliche Waffe wäre und stürmt auf mich los. „Allah!!!" schreiend versucht er, die brennende Zigarette auf meiner Stirn auszudrücken. Der Lehrer bemerkt den bevorstehenden Angriff rechtzeitig, wehrt den Täter ab und vertreibt ihn. Das Ganze dauert nur wenige Sekunden, ich stehe die ganze Zeit wie angewurzelt, mit offenem Mund da. Ich schüttle den Kopf und kann einfach nicht glauben, was gerade geschehen ist.

Berühmt ist Srinagar für die mehr als tausend Hausboote, die seit über 50 Jahren ruhig auf dem See liegen, auf Gäste warten und langsam versinken. Zur Kolonialzeit war Srinagar ein beliebtes Ziel für die englischen Besatzer, um der Hitze des Südens zu entfliehen. Da sie sich keine Häuser kaufen durften, eigneten sie sich die noch immer im See liegenden Hausboote an. Seit dem Abzug der Besatzer 1947 warten die Boote auf neue Gäste. Leider ist Kaschmir kein besonders beliebtes Reiseziel. So kommt es, dass die wenigen Besucher von den einheimischen Verkäufern regelrecht belagert werden. Als wir die Promenade entlang spazieren, stehen die Verkäufer und Taxifahrer Schlange. „Taxi, Taxi" - „Nein" - „Taxi, Taxi" - „NEIN" - „Taxi, Taxi". Auf der öffentlichen Straße können wir uns nicht einmal richtig unterhalten. Die Verkäufer drängen sich auf, stellen sich uns in den Weg oder zwängen sich einfach zwischen uns. Wir sind froh, eine Unterkunft etwas entfernt vom Stadt- und Touristenzentrum bzw. vom See zu haben.

Endlich richtig Himalaya

Die Welt ist ein Buch und diejenigen, welche nicht reisen,
lesen nur eine Seite. – St. Augustin

Endlich sind wir am Fuße des Himalaya angekommen! Genauer genommen waren wir schon einige hundert Kilometer im Himalaya unterwegs. Srinagar liegt schon auf 1.500 m üNN und bildet das Eingangstor in die Berge, die hinter dem Dal See in den Himmel ragen. Wir haben schon eine Menge erlebt, doch noch bisher war noch kein richtiges „Himalaya-Feeling" aufgekommen. Wir treffen noch auf zu viele Leute, die Straßen sind schön zu befahren und der Blick wird nicht durch Felswände versperrt. Heute soll sich das alles ändern, wir verlassen Srinagar, wir brechen endlich in den Himalaya auf.

BALD AM MORGEN sitzen wir reisebereit auf den Motorrädern. Nur 200 km entfernt liegt unser heutiges Etappenziel, Kargil. 200 km sind in Europa nicht wirklich nennenswert, hier in Kaschmir und Jammu ist ein Tagesziel von 150 km schon ambitioniert! Die Sonne ist gerade aufgegangen, die Straßen sind noch ruhig, kein nennenswerter Verkehr behindert uns. Zu Beginn führt die Strecke gemütlich durch kleine Ortschaften entlang des Sees und entlang des Flusses Sind. Der Sind wird mit jedem Kilometer turbulenter, das Gelände immer steiler. Die Gegend ist immer dünner besiedelt, es beginnt eine stetige Steigung, hinauf, hinauf, hinauf, unaufhörlich geht es hinauf. Innerhalb von wenigen Kilometern ändert sich die Landschaft. Weit und breit ist kein Haus, kein Feld mehr zu sehen. Neben uns ragen steile Berghänge in den Himmel. Und auf einmal endet auch die asphaltierte Straße, eine endlose staubige Piste und unzählige Serpentinen liegen vor uns.

Das Wetter ist wunderbar, wir sind gut aufgelegt und aufgeregt, können es kaum erwarten, endlich durch die ersehnten Berge zu fahren, wobei wir eigentlich schon mitten drin sind. Wir halten an, wollen den Moment auf uns einwirken lassen. Egal in welche Richtung wir blicken, nur Berge, richtige Berge - endlich Himalaya. Links der Straße geht es senkrecht tausend Meter empor, rechts der zwei bis drei Meter breiten Piste tausend Meter hinab. Hinter und vor uns ist nur Staub. Nirgends Menschen. Ab und zu versuchen lediglich ein paar Bauarbeiter, die Bergstraße in Schuss zu halten. Wir sind überglücklich. Genau deswegen haben wir die Anreise auf uns genommen. Nur wir und unsere Motorräder sind in dieser wunderbaren Gegend. Das atemberaubende Bergpanorama fesselt uns.

Auf halber Strecke zwischen Srinagar und Kargil nähern wir uns Zoji La, dem höchsten Pass auf der heutigen Etappe auf ca. 3.500 m. Der Pass ist berühmt für endlose Kolonnen von LKWs, die sich normalerweise im Schritttempo auf die Hochebene hinaufquälen. Der Pass trennt das Kaschmir-Tal vom Tal des Dras, dem wir die nächsten Tage weiter folgen werden. Uns wundert es, dass wir hier so alleine unterwegs sind, es ist schließlich immer noch Indien. Wir sind einfach nur froh, die schmale Piste nicht mit Schwerverkehr teilen zu müssen. Der abenteuerliche Anstieg über staubige Serpentinen, um vom Kaschmir-Tal in das Dras-Tal zu gelangen, wird bald der Vergangenheit angehören. Die Bauarbeiten für den 14 km langen Zoji La Tunnel, den längsten in beide Richtungen befahrbaren Asiens, haben bereits begonnen.

Wir umrunden noch einen letzten ausgesetzten Felsen, als die Steigung und die Serpentinen enden. Wir sind auf der ersten Hochebene angekommen. Vor uns liegt ein weiteres, grünes, ausladendes Tal. Wir halten nochmal, einfach nur, um die Landschaft auf uns wirken zu lassen, einfach nur, um die Freiheit und Schönheit zu genießen. Den restlichen Tag folgen wir dem Tal entlang dem Dras Fluss. Die Fahrt führt uns mitten durch große Herden mit Pferden, Schafen oder Ziegen, vorbei an Jurten oder Nomadenzelten, in denen die Bauern über den Sommer auf den Weiden leben. Wir nähern uns entspannt und ohne jegliche Pannen (!) Kargil.

Kargil

Reisen macht einen bescheiden. Man erkennt, welch kleinen Platz man in der Welt besetzt. – Gustave Flaubert

Die Fahrt ist so angenehm, dass wir die Höhe kaum bemerken. An der Ortseinfahrt zu Kargil reißt man uns plötzlich aus unseren Tagträumen. Jemand versucht uns anzuhalten und „Taxe" zu kassieren. Leider ist es uns absolut unmöglich, ihn zu verstehen, wir können uns kein Bild davon machen, was er von uns will. Wir fahren freundlich grüßend an ihm vorbei. Er hüpft und winkt und wirkt aufgeregt.

Direkt am Fluss gelegen, bietet ein neu errichtetes Haus Zimmer zur Vermietung an, perfekt. Wir fahren gleich in den Hof und bereiten uns auf die obligatorischen Preisverhandlungen vor. Es ist definitiv nicht möglich, nach einem langen Reisetag ein Zimmer rasch und ohne Bürokratie zu beziehen. Die Registrierung muss immer korrekt und sofort durchgeführt werden. Die Registrierung wäre kein nennenswertes Thema, wenn sie nicht oft eine Stunde dauern würde (shanti, shanti). Es bleibt normalerweise nicht dabei, die persönlichen Daten in ein Register einzutragen. Oft MUSS eine Passkopie angefertigt werden. Nur wo befindet sich ein Kopierer in der Stadt, gibt es überhaupt Strom?

Wir brechen zu einem kleinen Stadtbummel auf, wir wollen zum Abendessen gehen. Die kleine Stadt Kargil ist sehr ursprünglich. Enge Gassen, in denen offenes Fleisch,

Brot und Gemüse verkauft werden, bilden den Markt. Die Tiere werden an Ort und Stelle in den Gassen geschlachtet und ausgenommen. Ziegenköpfe liegen neben den Verkaufsständen der Fleischer zum Verkauf.

Martina: *Auf dieser Höhe in der kühlen Luft ist das sogar fliegenfrei und geruchsmäßig relativ neutral.*

An dem Abend sind wir die einzigen Gäste eines einfachen Restaurants im ersten Stock eines Gebäudes, von dem aus wir die Hauptstraße überblicken können.

Kargil wurde 1999 im Krieg zwischen Pakistan und Indien heiß umkämpft. Von den Kämpfen ist außer der enormen Militärpräsenz nichts mehr zu erkennen. Auf der einen, linken Seite des Flusses, steil in den Hang gebaut, die Stadt Kargil. Auf der anderen Seite des Tals, ebenso groß wie die Stadt, ist das Kasernengelände angelegt. Das Militär scheint gut in die Gesellschaft integriert. Militärische Einrichtungen wie die eigenen Geschäfte, Restaurants und auch das Militärhospital sind für die zivile Bevölkerung zugänglich. Unsere Gedanken sind jedoch schon bei unserem nächsten Etappenziel, wir freuen uns auf Leh.

Vor uns liegen weitere 200 km für uns fremd wirkende Berglandschaft. In der Unterkunft erfahren wir noch, warum wir eine so problemlose Anreise ohne LKW-Kolonnen hatten. In wenigen Tagen soll ein Treffen hochrangiger Offiziere (immer Ende Juli) stattfinden, daher wurden schon jetzt die Straßen für den Schwerverkehr gesperrt.

Martina: *Hiermit bedanke ich mich beim Militär für die zwei wunderbaren verkehrsfreien Reisetage.*

Morgen soll jedoch die Sperre wieder aufgehoben werden.

Wir beschließen, also BALD AM MORGEN, gleich nach Sonnenaufgang, nach Leh aufzubrechen.

Ladakh

Leh

Touristen wissen nicht, wo sie waren; Reisende wissen nicht, wohin sie gehen. – Paul Theroux

Perfekt schönes Wetter, gute Straßen, die gesamte Strecke geteert, wunderbare Berge, kein Verkehr, ab und zu Chai-Tee am Straßenrand. Genau so stellten wir uns die Strecke nach Leh vor, und wir sollten nicht enttäuscht werden. Es hat schon 25°C, als wir starten.

Martina: *Also doch nicht sooo BALD AM MORGEN.*

Das gesamte Tal, dem wir folgen, ist durch die umgebenden Berge vom Regenwetter abgeschirmt, was zu mehr als 300 Sonnentagen pro Jahr führt. Ununterbrochen führt die Strecke den ganzen Tag bergauf, bergab, bergauf, bergab. Es herrscht immer noch so gut wie kein Verkehr.

Als wir noch weiter in die Berge kommen, wandelt sich die Landschaft in eine Wüste. Die Wüste ist nicht, wie ich sie mir typischerweise vorstellen würde. Man findet keine hohen Sanddünen oder Kamele, sondern kahlen Stein und Fels. Kein Baum ist weit und breit zu sehen, alles staubtrocken, eingefasst von massiven Bergen und heiß ist es auch nicht.

„Enjoy the beauty of the moonland!", ist auf einem Schild zu lesen. Mondlandschaft beschreibt die Gegend ganz treffend. Wir nehmen uns Zeit, aus Jux ein kurzes Video über unsere „Mondlandung" zu drehen. Martina schreitet, besser gesagt „schwebt", mit dem Helm auf dem Kopf, in Zeitlupe über die karge Mondlandschaft.

Durch die Höhe lässt die Motorleistung merklich nach, doch das kann unser Hochgefühl nicht dämpfen. Kurzerhand entferne ich die Luftfilter. Nachdem die Motorräder wieder Luft bekommen, geht es ungetrübt weiter. Der höchste Punkt der heutigen Etappe ist der Fotu La, ein Pass auf 4.100 m üNN. Der höchste Punkt unserer bisherigen Reise! Wir halten natürlich für einige Schnappschüsse. Entlang der gesamten Strecke heitern uns immer wieder handgemalte Schilder mit indischen Weisheiten auf. Sprüche wie: „After whisky driving risky", „Drive like hell and you will be there", „Road is hilly, don't drive silly", „Love the neighbour but not while driving", „Do not gossip, let him drive", zwingen zu Fotostopps.

Martina: *Mir machen vor allem die „drive slow"-Schilder zu schaffen. Liest man das oft genug, brennt sich die falsche Grammatik als richtig ins Gehirn.*

Interessant für uns zu beobachten ist der offensichtliche Wechsel der Hauptreligion kurz nach Kargil. Die Gegend um Kargil ist noch tief muslimisch, leicht an der Kleidung der Bewohner zu erkennen. Doch nur zwanzig Kilometer nach Kargil beginnt der Wechsel zum buddhistischen Glauben. Überall tauchen buddhistische Gebetsfahnen und Gebetsmühlen mit mehreren Metern Durchmesser auf. Die Kleidung ist wesentlich farbenfroher.

Am frühen Nachmittag erreichen wir bei strahlendem Wetter am Ende einer langen Geraden eine Geländekante. Wir blicken hinunter in das vor uns liegende Indus-Tal, in dem Leh liegt, dem vorläufigen Ziel für die nächsten Tage.

Die ersten Außenposten von „Läähh" (besser gesagt लेह), werden sichtbar. Ein enormes Militärgelände, Heim für hunderttausende Soldaten mit eigenem Flughafen, ist nicht zu übersehen Auf einmal fühlen wir uns wieder nach Indien versetzt. Die Einsamkeit und Ruhe sind auf einen Schlag wie verflogen. Von nun an gibt es wieder Stau, überall Menschen, Baustellen und Tiere auf der Straße.

Die Stadteinfahrt von Leh wird von einem gewaltigen Torbogen mit goldenem Dach, durch den sogar zweispuriger Verkehr möglich ist, gebildet. Der Bogen ist aufwändig mit buddhistischen Ornamenten verziert. Neben dem Tor stehen buddhistische Stupas, das sind markante, weiß angestrichene Monumente mit Heiligenfiguren, die die Besucher begrüßen. Auf einer Anhöhe im Hintergrund thront alles überwachend der Palast von Leh. Man kann sich des Gefühls, in Tibet zu sein, nicht verwehren. Wir sind heil im Herzen von Ladakh angekommen.

Über den geschäftigen, von Kaufhäusern und Händlern gesäumten Hauptplatz, schlagen wir uns zum westlichen (touristischen) Teil der Stadt durch und finden eine bescheidene Unterkunft. Selbst für indische Verhältnisse ist unser neues Heim bescheiden. Zwei Holzpritschen mit Decken stehen in dem niedrigen, mit Kalk weiß gestrichenen, unbeheizten Raum. Mehr Ausstattung bietet das Zimmer leider nicht (Genau genommen hat das Zimmer noch ein kleines Fenster mit Blick auf einen Misthaufen, das zähle ich aber nicht als Ausstattung.). Unsere Kleidung und Taschen legen wir mitten im Raum auf den Boden. Das Gebäude war vermutlich vor der Ankunft der vielen Touristen ein einfacher Ziegenstall. Die armen Ziegen sind jetzt obdachlos. Seit „3 Idioten", so der Titel des in Indien berühmten Bollywood Streifens aus 2009, die Region bekannt machte, kann sich Leh kaum mehr vor den vielen Touristen retten.

Martina: Ich kann es kaum glauben, als Mario mir von einem Hügel aus zeigt, welche Stadtteile, Kasernen und Flughafen bei seinem ersten Besuch vor wenigen Jahren noch gar nicht existierten.

Wir wollen so rasch als möglich unsere Ankunft feiern! Unser erstes, großes Etappenziel haben wir erreicht, sind mitten im Himalaya, mitten in der Hauptstadt von Ladakh. Die Wikipedia-Seite von Leh macht neugierig. Nur drei Einwohner pro Quadratkilometer in Ladakh ist für Indien bemerkenswert, wenn man bedenkt, dass Delhi über 8.000 Einwohner pro Quadratkilometer zählt.

Wir finden einen netten Tisch im Gastgarten einer „Pizzeria" und bestellen zur Feier das einzig verfügbare alkoholische Getränk, eine Maß Bier, serviert in einem Edelstahlkelch. Wir sind dem Himmel nahe, genießen den Sonnenuntergang und das Bier auf 3.500 m Seehöhe. Nach einem anstrengenden Tag zeigt das Bier sofort Wirkung. Martina beklagt das starke „Drehmoment" nach nur wenigen Schlucken, mir geht es ähnlich. Offensichtlich müssen wir uns an die Höhe (oder an den Alkohol) gewöhnen. Entlang der Straße entdecken wir auch Schilder, welche (gleich nach der Ankunft) auf die Risiken der Höhenkrankheit aufmerksam machen. Diese empfinden wir als relativ späte Warnung für Gäste, die mit dem Flugzeug anreisen und dann erst entdecken, dass hier die Luft eher dünn ist.

Martina: *Am nächsten Tag suchen wir uns eine bessere Unterkunft. Die Besitzer sind so nett und wir fühlen uns so wohl, dass wir gar nicht mehr wegwollen. Definitiv die sauberste Unterkunft bisher. Generell ist es in diesem Bereich von Indien sehr sauber. Nach einer „Wanderung" am Vormittag zum Palast von Leh und einer Wanderung am Nachmittag zur Shanti Stupa sind wir wieder vollkommen fertig. Mario hätte zu Hause den Aufstieg zu beiden Zielen in einer Viertelstunde geschafft. Auf der ungewohnten Höhe dauert das ewig und wir bleiben immer wieder stehen und danach ist der Tag gelaufen.*

Wir möchten uns der Höhe weiter anpassen und planen kurzerhand eine kleine Wanderung auf 5.000 m üNN. Eine Tour auf diese Höhe bedarf in Wirklichkeit keiner Planung. Jeder Hügel rund um Leh ist höher als 5.000 m üNN. Es lassen sich auch ohne Weiteres Wanderungen auf über 6.000 m üNN organisieren, aber 5.000 m üNN sollten uns für den Beginn reichen. Wir fahren einfach auf die nächste Anhöhe nördlich von Leh, lassen die Motorräder stehen und marschieren los. Martina ist zum ersten Mal in ihrem Leben auf über 5.000m. Die Aussicht von der enormen Höhe hinunter ins Tal und auf die umliegenden 6000er ist aufregend, die Fernsicht glasklar, weit unten im Tal erkennen wir Leh. Wir haben kein Tagesziel zu erfüllen, genießen einfach nur die Berge, pirschen uns an eine kleine Gruppe Yaks, fotografieren. Edelweiß bedeckt büschelweise die karge Wiese. Pflanzen, die bei uns in Hochlagen von 2.500 m üNN nur spärlich wachsen, gedeihen hier auf über 5.000 m prächtig. Wir sind den ganzen Tag alleine unterwegs. Nur einige Yaks und Rinder leisten Gesellschaft. Unerwarteterweise stellt die Höhe für uns kein Problem dar, wir haben kein Kopfweh und spüren keine Anzeichen von Höhenkrankheit. Wir sind überzeugt, ohne

Probleme auch noch höher fahren zu können und planen gleich am nächsten Tag, auf den nach indischen Angaben höchsten Pass der ganzen Welt, den Khardung La auf ca. 5.300 m, zu fahren.

Als die Sonne sinkt, beschließen wir, den Rückweg anzutreten. Es gilt noch, Ersatzteile zu besorgen und einen gemütlichen Abend sicherzustellen.

Scheinbar macht uns die Höhe keine Probleme, dennoch wirkt sie sich indirekt und unbemerkt aus. Die Konzentration ist vermindert, wir fühlen uns leicht müde und als hätten wir große körperliche Anstrengung hinter uns gebracht. Jeden Schritt tägigen wir wie in Zeitlupe. Aus diesem Grund treten wir die Rückfahrt langsam und gemütlich an. Zum Glück herrscht so gut wie kein Verkehr. Ab und zu treffen wir auf Radfahrer. Es scheinen Radtouren rund um Leh groß in Mode zu sein. Wir sind so hoch auf den Bergen, wir könnten es den Radfahrern gleichtun, den Motor einfach abstellen und die nächsten zehn Kilometer ohne Antrieb ins Tal rollen. Die Fahrbahn ist neu geteert, nur etwas Geröll auf der Asphaltdecke. Martina spürt inzwischen vermehrt die Höhe und fährt deswegen besonders langsam, vielleicht 30 km/h.

Auf halber Strecke zurück nach Leh, in einer unübersichtlichen Kurve kommt uns unerwartet ein Wagen entgegen, der fast die gesamte Fahrbahnbreite einnimmt. Der Fahrer, wie in Indien üblich, hupt, um auf sein Kommen aufmerksam zu machen. Martina ist auf das entgegenkommende Fahrzeug nicht gefasst, von der Höhe etwas benommen und unkonzentriert. Trotz Schräglage und Geröll bremst sie in der Kurve mit dem Vorderrad, um auf den Gegenverkehr zu reagieren und auszuweichen. Keine gute Idee. Man hört die Kiesel unter dem Vorderrad knirschen, das Vorderrad rutscht weg. Martina kann den Sturz nicht mehr abwenden und fällt nach links um.

Ich fahre nur zwei Meter hinter ihr, habe viel zu wenig Abstand um auszuweichen oder rechtzeitig anzuhalten. Auch ich bremse, meine Enfield rutscht ebenfalls weg. Wir purzeln die Straße hinunter, direkt in Richtung Gegenverkehr. Da wir relativ langsam unterwegs waren, rutschen wir und die Motorräder nur wenige Meter. Der ganze Vorfall dauert nur wenige Sekunden, danach herrscht Stille. Der Fahrer des Wagens sitzt mit schreckensweit geöffneten Augen am Steuer, er kann offenbar nicht begreifen, was gerade vor ihm geschehen ist.

Wir sitzen benommen auf der Straße, versuchen uns zu orientieren und müssen uns erst sammeln. Vorsichtig untersucht Martina, ob an ihr noch alles heil ist. Erleichtert stellt sie fest, dass ihr außer Abschürfungen an am Ellbogen nichts passiert ist. Auch mir ist nichts Nennenswertes passiert. Schnell sind die Motorräder aufgestellt und an den Seitenstreifen geschoben, während Martina sich auf einen Stein am Straßenrand setzt. Wir hatten uns noch nicht gesetzt, da kommt schon der besorgte Autofahrer mit einem Verbandskasten zu Hilfe. Alles läuft sehr ruhig ab, fast nichts wird gesprochen. Alle müssen den Schrecken erst verarbeiten. Wortlos begutachtet Martina zusammen mit dem Autofahrer ihren abgeschürften Ellbogen. Behutsam beginnt ihr Helfer die Wunde zu versorgen, trägt vorsichtig Salbe auf und legt ihr einen leichten Verband an. Obwohl ihn keine Schuld trifft, ist ihm unser Sturz offensichtlich unangenehm. In der Zwischenzeit trifft eine weitere Gruppe indischer Motorradfahrer ein. Auch sie fragen, ob sie helfen können, wir sind jedoch schon bereit für die Weiterfahrt. Die indischen Biker wirken besonders betroffen und fahren nur zögerlich und vorsichtig im Schritttempo weiter.

Martina: *Also in diesem Fall erinnere ich mich an einen fast genau gleichen Hergang: Die Fahrbahn war an vielen Stellen schlecht aufgrund der noch nicht fertiggestellten Straße. Aufgegrabene Erde und grober Schotter über hunderte Meter. Zwischendurch dann immer wieder perfekt asphaltierte Straße. Ich merke, dass meine Konzentration nicht mehr so besonders ist und fahre langsam. In einer Kurve kommt mir ein Auto entgegen und wir sind eigentlich schon nebeneinander, als der Autofahrer plötzlich hupt, ich erschrecke und ziehe an der Vorderbremse. Ich weiß genau, dass das falsch ist, aber das hilft in der Situation leider gar nicht. Das Vorderrad verliert auf dem Schotter den Halt und ich stürze. Bin geschockt. Schwindelig. Setze mich auf einen Felsen neben der Straße. Als ich wieder mitbekomme, was passiert, sind indische Touristen – ebenfalls Enfield Fahrer – neben mir und einer bietet mir antiseptische Creme für meinen aufgeschürften Ellenbogen an. Ich habe keine Ahnung, was der Autofahrer getan hat, und dass Mario auch gestürzt ist, habe ich erst viel später mitbekommen.*

Als der Verband angelegt ist, sitzen wir wieder auf, bedanken uns für die fürsorgliche „Verarztung" und rollen „wie auf rohen Eiern" weiter ins Tal. Unser neues Ziel ist nicht ein gemütlicher Abend, sondern das Krankenhaus von Leh. Martina musste auf früheren Reisen bereits Erfahrungen mit entzündeten Wunden machen und möchte die Wunde professionell versorgen bzw. reinigen lassen.

An Martinas Motorrad ist nur der Scheinwerfer gebrochen, an meinem ist vom Sturz nichts zu erkennen. Wie praktisch, gleich neben dem Krankenhaus ist ein Händler für Motorradteile! Kann es sein, dass die Kombination kaputter Fahrer / kaputtes Moped öfter vorkommt und es durchaus Sinn macht, Motorradteile neben einem Krankenhaus zu verkaufen? Ein rotes Schild mit der Aufschrift „Casualty Department" kennzeichnet den Eingang zur Notaufnahme. Martina möchte zur Behandlung gerade eintreten, als eine Dame aus einem kleinen Fenster neben dem Eingang wild zu gestikulieren beginnt. Martina wird vor die Türe verwiesen, zuerst muss die Aufnahme ins Krankenhaus formal abgewickelt werden! Als Aufnahmeschalter dient das offene Fenster gleich neben der Eingangstüre. Behandelt wird nur, wer Geld auf den Tresen legt. Keine Versicherungskarte, keine Kreditkarte, kein Schutzbrief interessiert das Krankenhaus - nur Bares ist Wahres. 5 Euro-Cent werden uns pauschal als Aufnahmegebühr in Rechnung gestellt. Mit der Bezahlung der „Gebühr" ist die gesamte Behandlung, egal wie schwer die Verletzung ist, egal wie lange die Behandlung dauert, beglichen. Die Mehrkosten übernimmt der Staat. Jeder sollte sich eine Behandlung im Krankenhaus leisten können.

Unsere anfängliche Freude über die günstige Behandlung trübt sich, als wir feststellen, dass wirklich nur die Arztkosten mit der Aufnahmegebühr gedeckt sind. Alles andere, etwa Medikamente oder Verbandszeug, sind im Krankenhaus nicht verfügbar. Nichts ist zu bekommen, keine Spritze, keine Tetanusimpfung, kein Verband, nicht einmal ein Pflaster und Essen schon gar nicht. Die Behandlung läuft wie folgt ab: Der Patient wird untersucht, der

Arzt stelle ein Rezept aus. Das Rezept listet nicht nur die notwendigen Medikamente, sondern auch das notwendige Zubehör und Verbandsmaterial, wie Watte, Tupfer, Binden, Spritzen usw. Die Angehörigen klappern damit die Apotheken der Stadt ab, um alles zusammenzutragen.

Das Krankenhaus von Leh ist auf jeden Fall kein Ort, an dem einem langweilig wird. Unglaublich viele neue Eindrücke gibt es zu verarbeiten. Für uns ungewohnt sind die einsehbaren Behandlungs- und Krankenzimmer. Alle Türen stehen offen. Links findet die ambulante Behandlung statt, in der Mitte sitzen die wartenden Patienten (auch Martina) und rechts sind die stationären Betten. An diesem Tag ist unter den stationären Patienten ein höhenkranker Tourist, dem Sauerstoff verabreicht wird. Die einzige Toilette im Krankenhaus ist in einem desolaten Zustand. Wasser spritzt in hohem Bogen aus einem notdürftig abgedichteten Wasserhahn. Wir sind überzeugt, Biologen würden ein Dutzend neue, bisher unentdeckte Bakterien oder sonstige Mikroben finden.

Martina: *Nach dem Gespräch mit der Ärztin bekommen wir ein Rezept für Verband und Antibiotikum. An das Gespräch mit der Ärztin kann ich mich nicht mehr so gut erinnern. Wahrscheinlich kann mein Gehirn schon so kurz nach dem Blick auf die Toilette noch keine neuen Eindrücke aufnehmen.*

Während Mario das für die Verarztung nötige Zubehör besorgt, warte ich auf meine Behandlung. Das heißt, ich sitze im Behandlungszimmer und sehe zu, wie die anderen Leute versorgt werden. Das ist viel weniger langweilig als im Bezirkskrankenhaus in Steyr.

Andere Besucher (Schaulustige) gehen ebenfalls mit in das Behandlungszimmer, nehmen auf den Stühlen neben Martina Platz und beobachten ihre Versorgung gespannt. Plötzlich herrscht Aufregung! Alle Aufmerksamkeit ist auf einen neuen Patienten gelenkt, der gerade eingeliefert wird. Ebenfalls ein Motorradfahrer, dessen Sturz nicht so glimpflich verlaufen war. Er wird mit blutüberströmtem Gesicht auf den Behandlungstisch direkt vor Martina gelegt. Die Versorgung eines blutenden Gesichts hat natürlich vor Martina Priorität und wird gleich behandelt. Die diensthabende Ärztin schickt Martina jedoch nicht weg, sie wird nebenbei mit behandelt. Auf dem Tisch rechts verarztet sie die Verletzungen am Gesicht und links hält ihr Martina den Ellbogen entgegen. Die Angehörigen stehen aufgeregt direkt an der Liege, die Schaulustigen sitzen auf rosa Plastikstühlen in der zweiten Reihe. Die Schmerzensschreie des Verunfallten ziehen die Anwesenden in ihren Bann. Eine Spritze zur Betäubung gibt es nicht. Mir ist es unangenehm, auch im Behandlungsraum zu stehen und ich fühle mich fehl am Platz, überflüssig. Martina benötigt im Moment keine Unterstützung. Mit dem Rezept in der Hand verlasse ich das Krankenhaus, mache mich auf den Weg, Verbandszeug und einen neuen Scheinwerfer zu organisieren.

Die nächste Apotheke befindet sich dem Krankenhaus gleich gegenüber. Im Haus der Apotheke ist praktischerweise auch ein Motorrad-Ersatzteilhändler. Volltreffer! Neuer Scheinwerfer, Jod, Tetanusimpfung, Verband und wieder zurück ins Krankenhaus. Ach was, ich nehme noch ein Paar neue Blinker, Watte, einen Seitenspiegel und Antibiotika mit.

Während Martina der Verband angelegt wird, kümmere ich mich um unsere Motorräder. Als ich am Platz vor dem Krankenhauseingang beginne, den Scheinwerfer zu ersetzen, treffe ich eine Familie, die Essen für einen Angehörigen kocht. Stationäre Patienten werden nicht verköstigt, die Familien kochen vor dem Krankenhaus für die Angehörigen. Als ich mit den Reparaturen fertig bin, wird mir Chai-Tee angeboten, so manche Krankenhausgeschichte verkürzt unsere Wartezeit.

18.380 Fuß

Reisen ist das Einzige, was man kauft,
das einen reicher macht. – Anonymus

Nur wenige Europäer zählen zu den vielen Besuchern von Leh. Der Großteil der Touristen kommt aus dem Süden Indiens. Der Bollywood Blockbuster „3 Idioten" und die einfache Anreise durch einen neuen Flughafen bescheren der Region jährlich hunderttausende indischer Besucher. Die Infrastruktur kann dem Ansturm leider nicht standhalten. In den 70er Jahren besuchten nur 500 Touristen pro Jahr die Region. 2014 strömen über 200.000 Menschen nach Leh. Die Prognosen liegen bei dreißig Prozent jährlichem Wachstum. Jeder Stall wird seither in ein „Hotel" umgewandelt. Ein Hauptproblem stellt die Wasserversorgung dar. Leh befindet sich in einer Wüste, die Regenwolken werden von den umliegenden Sechstausendern abgeschirmt. Der Müll wird (nicht sichtbar für Touristen) in die Nachbarortschaft gekarrt und verbuddelt. Täglich fallen 30.000 (!) Wasser-Plastikflaschen an. Die Einheimischen können die durch Abwasser verschmutzten Gewässer nicht mehr als Trinkwasser nutzen, Kläranlagen gibt es nicht. Eine Lösung des Problems ist noch nicht in Sicht.

Wir wollen natürlich Leh noch näher kennenlernen. Auf einer Anhöhe über der Stadt thront der mächtige Palast von Leh, welcher von der Architektur an den Potala Palast in Lhasa, Tibet erinnert. Im 16. Jahrhundert stellte der Palast mit neun Stockwerken das höchste Gebäude der

Welt dar und wacht auch heute noch imposant über der Stadt. Ein Besuch von Leh ist erst komplett, wenn man die Aussicht auf die Stadt hoch oben vom Dach des Palasts genossen hat. Der Blick in das zweihundert Meter tiefer liegende Tal, in dem Leh liegt, ist von schneebedeckten Sechstausendern gesäumt. Die trockene, dünne Luft bietet einzigartige Fernsicht auf die majestätischen Berggipfel.

Wir finden auch ein schöneres Zimmer bei einer Familie und wohnen von nun an nicht mehr in einem umfunktionieren Stall, sondern in einem kleinen Zimmer mit richtigem Bett. In unserer neuen, gemütlichen Unterkunft verbringen wir den Abend gemeinsam mit der Familie und zwei anderen Gästen in einem großen Wohnzimmer. Endlich bekommen wir einen Einblick, wie die Einheimischen in einem typischen Einfamilienhaus in Leh leben. Das Leben spielt sich zentral in einem großen, mit Teppichen ausgestatteten Wohnzimmer ab. Trotz der vielen Kissen ist das Sitzen auf dem Boden vor einem 20 cm hohen Tisch eine Herausforderung. Wir halten es nicht aus, längere Zeit im Schneidersitz zu verbringen. Der Tisch ist zu niedrig, um darunter die Beine zu stecken. Die Gastgeberin bereitet uns eine wunderbare Mahlzeit, aber wie soll man auf einen 20 cm hohen Tisch essen, fragen wir uns. Wir knien den ganzen Abend vor dem Tisch. Bei Tee tauschen wir Reiseabenteuergeschichten mit einem Pensionistenpaar, welches auf einem Tandem-Fahrrad den Himalaya durchquert, aus und trinken Tee, bis uns von der ungewohnten Körperhaltung jeder Knochen schmerzt.

Martina erholt sich sehr schnell von dem Unfall. Wir sind nun bereit, den höchsten Punkt unserer Reise in Angriff zu nehmen, den Pass ins nördlich gelegene Nubra Tal - Kardung

La. Der Pass liegt auf 18.380 Fuß über dem Meeresspiegel (entspricht 5.602 m üNN), so die offizielle Höhenangabe. Im Schritttempo legen wir los. Im Schritttempo, weil die gesamte Strecke aus Schotter besteht und Martina noch der Schreck des Unfalls in den Knochen steckt. Entlang der Straße sind immer wieder Arbeiter zu sehen, welche die Straße mit einfachsten Mitteln in Schuss halten. Kleine, 10 cm große, dreieckige Steine auf der Straße markieren Arbeiten bzw. Baustellen (Anm.: Ein abgebrochener Ast auf der Straße würde einen Unfall markieren!). Der Pass ist nur fünfzehn Kilometer von Leh entfernt, dennoch gibt es die enorme Höhendifferenz und unzählige Serpentinen zu bewältigen. Die Strecke windet sich so eng dem Berg hinauf, dass selbst kurz vor der Überquerung von dem eigentlichen Pass noch nichts zu erkennen ist. Die Fahrt ist ein Genuss. Hinter uns blicken wir zweitausend Meter hinunter, in ein bis zum Horizont reichendes Indus Tal. Den Saum des Tals bilden sechstausend Meter hohe Berge. Unmittelbar vor uns auch nur Berge, Berge überall.

Erste Gebetsfahnen werden sichtbar, wir haben den Pass in nur einer Stunde erreicht. Den höchsten Pass der Welt in Indien. Ich schreibe explizit „der höchste Pass der Welt in Indien", weil wir wissen, dass der wirklich höchste Pass der Welt in Bolivien (Uturuncu 5.768 m) liegt. Unser GPS zeigt eine Höhe von rund 5.400 m üNN, die Schilder zeigen eine Höhe von 5.602 m üNN, der offiziellen indischen Messung. Keine Ahnung, was mit einem Schild mit einer falschen Messung bezweckt werden soll, uns ist der Pass auf jeden Fall hoch genug, wir sind total außer Atem. Wer hier noch etwas weiter klettern möchte, kann hinauf zu einem, etwa 20 Meter höher gelegenen, kleinen Tempel hochsteigen. Von dieser Aussicht blickt man auf ein Meer aus Gebetsfahnen, mit denen gläubige Besucher den Pass markieren. Der Tempel selbst ist auch von Opfergaben und Gebetsfahnen so überschüttet, er ist fast nicht mehr zu erkennen.

Bei unserem ersten Ausflug auf über 5.000 Meter hatten wir die Höhenluft nicht so stark bemerkt. Heute, obwohl nur 400 Meter höher, scheint die Luft extrem dünn. Der Schwindel beim Binden der Schuhbänder gleicht der (medizinischen) Einnahme einer Flasche indischen Whiskys. Es wird einem Schwarz vor den Augen, wenn man sich hinunterbeugt. An einem kleinen Stand gönnen wir uns eine Tasse heißen Tee, beobachten die vielen indischen Touristen, von denen viele das erste Mal Schnee zu sehen bekommen. Aufgeregt werden Fotos geschossen, es wird geopfert, es wird gebetet und es ist saukalt. Viel zu kalt, um den Ausblick länger zu genießen. Die Anfahrt war für uns wesentlich schöner, spektakulärer als der Pass selbst. Der Pass bietet außer einem Haufen Gebetsfahnen und einem Schild mit falscher Höhenangabe nicht wirklich viel. Wir treten schon nach kurzem Aufenthalt wieder unsere Rückfahrt an. Unsere Gedanken sind bereits bei der nächsten Herausforderung unserer Reise - Spiti Valley.

Zurück in Leh beschließen wir, uns für die Weiterreise fertig zu machen und erledigen letzte Besorgungen. Wir kaufen Brot und wollen nochmal alles schweißen lassen, was sich irgendwie lockern könnte. An der Stadtausfahrt finden wir am Straßenrand einen Schweißprofi, der gerade an einem Zaun arbeitet. Mit „Schweiß-Sonnenbrillen" und einer Elektrode ausgerüstet brutzelt er bereitwillig alles fest. Die Schweißnähte halten in etwa wie ein Klettverschluss.

Durch die Vibrationen des Motors und den schlechten Straßen verlieren wir auch laufend Schrauben, für die wir noch hier, in der letzten richtigen Stadt, Ersatz besorgen müssen.

Die nächsten 1000 km wird es keine Eisenhandlung und keine Ersatzteile für uns geben. Auf dem Markt in Leh gibt es eine Menge Eisenhändler, jedoch handelt keiner mit Schrauben. Es ist anders als bei uns, wo man durch die Regale gehen kann bis das passende Teil im Einkaufswagen liegt. Hier muss man dem Ladenbesitzer erklären, was man möchte, dann kommt die Rückmeldung - Ja/Nein. Alle Händler, die wir aufsuchen, dementieren den Besitz von Schrauben. Warum? Keine Ahnung! Schließlich finden wir einen alten Mann, einen Händler, der mit einer vollen Schüssel alter, rostiger Schrauben am Straßenrand sitzt. Ich frage: „Hast du solche Schrauben?", und halte ihm ein Muster hin. „Nein!", ist seine kurze Antwort. „Und was ist mit dem Haufen Schrauben vor dir in der Schüssel, die du verkaufst?" „Ahhh, you are lucky! 100 Dollar, please!" Wir einigen uns auf einen Preis von einem Euro für eine Handvoll alter Schrauben, nun sind wir gerüstet für die Weiterreise.

Manali - Leh Highway

Wenn du nicht weißt, wo du hingehst, wird dich jede Straße dorthin bringen. – Lewis Carroll

Martina beginnt ihre Aufzeichnungen zu unserem nächsten Streckenabschnitt mit: „Voll geile Fahrt!", offenbar ist ihr Unfall inzwischen vergessen. Ihre gute Stimmung legt sich gleich nach der Abreise. Schon an der Stadtgrenze macht Martinas Motorrad auf zickig und stottert nur noch. Die Kontakte der Zündeinheit hatten den Vibrationen nicht standgehalten. Zum Glück befinden wir uns bei Leh und noch dazu in der Nähe des Krankenhauses, wo der uns bereits bekannte Teilehändler sein Geschäft hat. Ihre Enfield bekommt eine neue Zündeinheit.

Keine Werkstatt und keine Tankstelle wird es auf den nächsten 500 km Bergstrecke geben. Nicht nur den Tank, sondern auch alle Wasserflaschen füllen wir mit Benzin. Der vor uns liegende Manali-Leh Highway wird uns auf über 5.000 Höhenmeter führen. Die Vorfreude ist unbeschreiblich.

Nicht weit entfernt von Leh passieren wir das Thikse Kloster, welches noch beeindruckender als der Palast von Leh das Tal überblickt. Wir besuchen es jedoch nicht, wir wollen in die Berge. Bei Upshi erreichen wir den letzten Militärposten, an dem noch einmal unsere Papiere kontrolliert werden. Wir nützen den Halt für eine letzte Mahlzeit. Ein gemütliches Essen in einem richtigen Gasthaus werden wir so bald nicht mehr bekommen. Von nun an folgen wir dem

Kernstück des berühmten Manali-Leh Highways. Die Fahrt führt zunächst entlang eines Flusses in ein tiefes Tal. Nach der Ortschaft Miru beginnen die Gesteinsschichten wie gigantische Rasierklingen senkrecht in die Höhe zu ragen. Wir folgen der Außengrenze des Hemis Nationalparks, fahren zwischen grünen Wiesen entlang und folgen weiter dem Lauf des kleinen Flusses. Die Straße ist neu geteert, traumhaft. Es ist einfach schön, hier unbeschwert zu „cruisen". Der Kopf ist frei für Scherze oder tiefsinnige Überlegungen wie: Heißt Indien Indien, weil dort Inder wohnen oder heißen Inder Inder, weil sie in Indien wohnen? Natürlich kennen wir die Ableitung des Namens vom Fluss Indus, uns ist aber einfach zum Scherzen zumute.

Wir nähern uns einer Wand aus sechstausend Meter hohen Bergen. Dahinter wartet jedoch nicht ein weiteres Tal, sondern die More Plains, eine Hochebene mit einer durchschnittlichen Höhe von 4.800 Metern über dem Meer. Mitten durch die Plains führt der bekannte Manali-Leh Highway, berüchtigt als eine der gefährlichsten Straßen der Welt. (Anm.: Es reicht schon das Schreiben dieser Zeilen, um den Puls höher schlagen zu lassen.) Wikipedia liefert für die vor uns liegende Strecke nur unzureichend Information:

"The area is uninhabitable and has no construction at all and also no population."

Die Gegend sei also „unbewohnbar", wir wissen jedoch von einigen Zeltunterkünften und sind gespannt, diese zu erreichen. Unmittelbar geht es hinauf auf 5.300 m üNN. Zum Glück sind wir schon etwas an die Höhe gewöhnt. Unsere Freude ist groß, als wir zur Abwechslung andere

Motorradfahrer treffen. Die Motorradkollegen hatten erfolgreich hunderte Kilometer auf der extremen Höhe bewältigt und parkten kurz vor der abschließenden Abfahrt ins Tal am Straßenrand. Die Situation erscheint uns jedoch seltsam. Einer läuft aufgewühlt auf und ab, der andere steht, sich übergebend, am Straßenrand. Als wir unsere Hilfe und Wasser anbieten, stellt sich heraus, dass einer akut höhenkrank ist und der andere ihm nicht zu helfen weiß. Der Erkrankte hat so starke Kopfschmerzen, es ist ihm so schlecht, dass eine Weiterfahrt undenkbar scheint. Wir können nur helfen, indem wir Wasser reichen und den Rat geben, so rasch als möglich ins Tal zu fahren. Bei Höhenkrankheit hilft nur, so schnell wie möglich in tiefere Regionen zu kommen, sonst nichts (außer, man hat zufällig eine Druckkammer im Gepäck, was eher selten der Fall ist.). Höhenkrankheit auf Reisen stellt eine echte und meist unterschätzte Gefahr dar. Obwohl wir schon länger in dieser Höhe unterwegs sind, macht auch uns die dünne Luft zu schaffen. Wenn man sich bückt, bleibt die Luft weg. Man friert leicht, der Kreislauf arbeitet schwer, um den fehlenden Sauerstoff zu kompensieren. Das Schlafen ist schwierig, weil der Puls rast, man friert und pochende Kopfschmerzen hat.

Auf der Hochebene eröffnet sich vor uns eine einzigartige Panoramastraße mit weiter Sicht, fast ohne Verkehr, umgeben von fünftausend Meter hohen Bergen. Um den Genuss dieser wunderbaren Landschaft zu noch abzurunden, befinden sich im Abstand von einigen Stunden Dhaba-Zelte, die sich für eine Chai-Tee-Pause, zum Essen oder auch zur Übernachtung anbieten. Für uns ist dieser Abschnitt der bisher schönste. Wir sind nicht nur von riesigen

Bergen umgeben, vor uns erstreckt sich eine weite Graslandschaft, es herrscht kein Verkehr. Ab und zu müssen wir mit unseren Motorrädern durch große Schaf- und Ziegenherden. Vorne, hinten, links, rechts nur Tiere und wir in der Mitte. Irgendwie ist es ein witziges Gefühl, mitten durch die riesigen Herden zu pflügen. Die Hirten grüßen uns stets freundlich.

Vor einigen Jahren war der Manali-Leh Highway noch eine großteils ungeteerte, staubige Piste. Vor uns liegt wider Erwarten eine perfekt neu geteerte Straße. An nur wenigen Stellen, wo die Straße weggeschwemmt oder beschädigt wurde, müssen wir auf eine staubige Piste ausweichen. Nach langer Geradeausfahrt nähern wir uns einem Stück staubiger Piste. Vor uns liegen einige hundert Meter feiner Puder-Sand. Martina hat schon dutzende Mal gesehen, wie man mit Motorrädern im Sand fährt und hat keine Scheu. Vollgas und durch. Und siehe da, es funktioniert und macht mächtig Spaß, leider nur zwei Meter. Das Motorrad beginnt zu schlingern, sie versucht zu korrigieren, das Motorrad will einfach nicht in der Spur bleiben. Martina kann den Sturz nicht verhindern, sie kippt um und rollt in den Sand. Vom unerwarteten Ausgang der kurzen „Wüstenfahrt" verwirrt sitzt Martina mit ungläubigem Blick im Staub und blickt mich fragend an. Was ist geschehen? Warum sitze ich plötzlich im Sand?

Martina: *Hier muss ich mit Nachdruck widersprechen! Ich habe zu dem Zeitpunkt nicht die geringste Ahnung, wie man auf Sand fährt und denke, die beste Chance habe ich mit gleichmäßiger Geschwindigkeit. Denken hilft aber nicht gegen Physik und wenn man sich am Lenker abstützt und das Hinterteil des Menschen nicht in Richtung Hinterteil des Motorrades bewegt, dann wird das nichts. Sobald das Motorrad im Sand ist, biegt es im rechten Winkel ab und fällt um (ganz von alleine).*

Wir richten das Motorrad wieder auf, klopfen den Staub aus den Kleidern, leeren die Schuhe. Alles scheint gut überstanden zu sein, wir könnten (aus meiner Sicht ungehindert) weiterfahren. Martina hat aber den Sturz nicht so nebensächlich abgetan und verweigert jede weitere Fahrt in dem „blöden" Sand. Nur mit viel Wortgewandtheit kann ich sie überzeugen, Meter für Meter weiterzufahren. Die wenigen hundert Meter gestalten sich als große rhetorische Herausforderung für mich. Lobend und tadelnd begleite ich Martinas zaghafte Wüstenfahrt.

Martina: Gott sei Dank ist die Enfield nicht so hoch und man kann damit, mit den Füßen am Boden, durch den Sand watscheln.

Der Tag neigt sich dem Ende zu, die Berge beginnen lange Schatten zu werfen. Wir sind noch auf 5.000 Meter unterwegs, haben an diesem Tag gerade mal die halbe Strecke in die nächste nennenswerte Ortschaft Keylong zurückgelegt. Von einer Anhöhe blicken wir hinunter in ein gewaltiges Flusstal. Nur wenige Serpentinen unter uns, direkt am Fluss gelegen, erkennen wir ein kleines Zeltcamp – endlich, die Zeltsiedlung Pang auf 4.700 Hm, unser Nachtlager.

In Pang will niemand freiwillig übernachten. Aufgrund der enormen Höhe, fehlender Infrastruktur (keine Toiletten, nur ein wortwörtliches Scheißhaus), der Kälte und dünnen Luft, ist eine Übernachtung hier wahrlich nicht zu empfehlen. Die nächste Ortschaft Keylong befindet sich jedoch erst in 200 km Entfernung, viel zu weit für eine Weiterreise am späten Nachmittag. Wir finden es aufregend, einmal mitten im Himalaya in einem „parachute tent", wie die Jurten-ähnlichen Zelte genannt werden, zu schlafen. In Pang stehen 4-5 Zelte zum Übernachten zur Auswahl. Wir entscheiden uns für ein Zelt am Rand der Siedlung. Die Zelte sehen auf den ersten Blick wie Jurten aus der Mongolei aus, nur sind sie einfach aus alten Fallschirmen aufgebaut. Der Platz unter dem Fallschirm ist nicht sonderlich groß, vielleicht zehn Quadratmeter. Unter dem Schirm ist nicht nur ein Schlafbereich für zehn Gäste, sondern auch eine Küche mit Essbereich und Wohnzimmer. Entlang der „Außenwand" des Zeltes sind Bänke aufgestellt, auf denen man sitzen oder zur Not auch schlafen kann.

Ganz hinten ist, mit gespannten Planen getrennt von Küche bzw. Wohnbereich, der Schlafbereich. Wir sind die einzigen Gäste und können den gesamten Schlafbereich für uns beanspruchen. Wie nehmen alle Decken in Anspruch und bauen uns ein gemütliches Lager. Gold wert sind die extra für eine kalte Nacht in den Bergen mitgebrachten Daunenschlafsäcke. Die Besitzer des Zeltes sind nicht so zart besaitet und schlafen vorne in der noch viel kälteren „Wohnküche" auf den Bänken.

Die Bezeichnung „Küche" ist vielleicht etwas übertrieben, auf dem Boden steht ein kleiner Benzinbrenner, sonst nichts. Was man in der Küche zum Essen bereitet, ist offensichtlich. In Kisten lagern Packungen chinesischer „Maggi-Suppen", unzählige Packungen Chips und Süßigkeiten. Für mich erklärt das enge Platzangebot den Kindersegen der Familien. Den gesamten Tag konnten wir angenehme 20°C auf der Hochebene genießen. Sobald die Sonne hinter den

Bergen verschwindet, fallen die Temperaturen auf saukalt unter null, eine Heizung gibt es nicht.

Martina: *Unvergesslich der Küchenofen! Der kleine Benzinbrenner könnte auch als Heizung dienen, wenn der breite Zelteingang nicht dauernd offen wäre. Den Einheimischen aber scheint die Kälte nichts auszumachen.*

Zum Wärmen gibt es für uns nur Tee und für die LKW-Fahrer, die auch im Lager übernachten, Whisky. Wir halten uns mit den Daunenschlafsäcken warm, ohne diese können wir uns richtiges Schlafen bzw. ein Überleben in der Kälte nicht vorstellen.

Die Hausherrin pumpt angestrengt Luft in den Benzinbrenner, der mit fauchend spuckender Flamme ein Abendessen, natürliche eine Maggi-Suppe, wärmt. Da niemand richtig Englisch spricht und wir todmüde von der langen Fahrt sind, verläuft die abendliche Unterhaltung mit der Familie eher kurz. Deren Oma ist schon lange vor Müdigkeit umgekippt und schläft tief auf einem Haufen Decken.

Auch wir sind hundemüde und ziehen uns sehr bald zurück in unser Lager. Noch wissen wir nicht, wie anstrengend die Nacht vor uns wird. Es sind LKW-Fahrer im Camp. Den ganzen Tag transportieren sie Güter entlang der angeblich gefahrlichsten Straße der Welt, trotzdem benötigen sie am Abend anscheinend keine Erholung. Als es dunkel ist, geht die Trucker-Party los. Das ganze Tal wird mit indischer Volksmusik beschallt, dazu wird eine beachtliche Menge „kosteneffizienter" indischer Whisky konsumiert. Trotz Daunenschlafsack + Decke + Eisschicht + Ohropax + dünner Luft ist an Schlafen nicht zu denken. Party auf 4.700 Meter, die ganze Nacht. Als wir um 01:00 Uhr fragen, wann

Schluss mit der Feier ist, stoßen wir auf Unverständnis. Die Haus(Zelt)herrin schlägt uns vor, einfach mitzufeiern. Sollten wir keine Lust zum Feiern haben, würde es nichts ausmachen, wenn wir uns zur Ruhe begeben. Niemand hält uns vom Schlafen ab! Die Leute verstehen unseren Wunsch nach Ruhe nicht, jeder will doch Party. Zusätzlich ist es unverständlich, warum wir bei voller Lautstärke nicht schlafen können. Wir sind anderer Ansicht, haben aber keine Chance gegen die LKW-Fahrer - volle Lautstärke, die ganze Nacht.

Martina: *In Indien ist das immer so: Mitten in der Nacht knallen Türen und unterhalten sich Leute in beinahe Schrei-Lautstärke vor der Hotelzimmertür. Die können sich wirklich nicht vorstellen, dass das stören könnte.*

Glücklicherweise geht die Nacht vorbei. BALD AM MORGEN herrscht Ruhe im Camp. Als wir aus dem Zelt treten, werden wir mit strahlend blauem Himmel für die schreckliche Nacht belohnt. Schlaftrunken kratzen wir das Eis von den Sätteln der Motorräder. Wir möchten rasch weiterkommen und zumindest 200 km an dem Tag schaffen. Kurz vor der Abreise setzt sich Martina noch vor das Zelt, um ihre Wunde am Ellbogen zu reinigen und neuen Verband anzulegen. Als unsere Gastgeber den neuen Verband sehen, holen sie rasch die Oma aus der Küche. Im Umkreis von 300 km gibt es keine Apotheke, keinen Arzt. Ich, gerade ICH, dessen geschickte Finger sonst nur Vergaser heilten, soll einen Schnitt im Finger der Oma verarzten. Es ist den Leuten ernst. Die Oma enthüllt eine unter schmutzigen Lumpen versteckte Schnittwunde am Zeigefinger. Eine Kleinigkeit, wenn richtig versorgt, leider ist die Wunde bereits leicht entzündet. Wir helfen, so gut es geht. mit gründlicher Desinfektion, Pflaster und Verband. Nach dem morgendlichen Chai lassen wir das Zeltcamp endgültig hinter uns.

Martina: *Ich besuche vorher noch das Plumpsklo, da es jetzt wirklich sein muss und ich im Umkreis von 10 Gehminuten keine Alternative finde. Das Gebäude sieht von der Eingangsseite normal aus. Auf der Rückseite fallen die menschlichen Abfallprodukte durch ein Loch auf einen Haufen, es stinkt schrecklich. Obwohl es mir eigentlich egal sein könnte, ob Fremde meinen unteren Rückenfortsatz durch das Loch sehen können, ist mir das Gebäude unsympathisch.*

Höhenkrankheit ist und bleibt auf der Fahrt ein Thema. Etwa 100 km von Pang entfernt, auf halber Strecke zu unserem Tagesziel Keylong, erreichen wir eine kleine Zeltsiedlung namens Sarchu. Ein Schild mit der Aufschrift „Toast" lockt uns in eines der Zelte für eine kleine Mittagspause. Nachdem wir es uns gemütlich gemacht haben, serviert uns die nette Herrin des „Hauses" Toast mit Ei zur Stärkung. Während des Essens beobachten wir einen weiteren Besucher, er liegt weiter hinten im Zelt. Obwohl wir kein Wort wechseln und er regungslos auf einem Bettgestell liegt, ist sein schlechter Zustand klar zu erkennen. Er unterliegt offenbar dem Irrtum, die Höhenkrankheit aussitzen oder mit starker Alkohol-Medikation bekämpfen zu können. Hier behandelt jeder Fahrer seine Höhenkrankheit großzügig mit Whisky. Diese gefährliche Kombination ist auch der Straßenverwaltung, der Border Roads Organization (BRO), bekannt. Entlang der Strecke finden man gelb bemalte Steine mit dem Hinweis: "Drinking Whisky, Driving Risky - BRO".

Gestärkt treten wir die Weiterfahrt nach Keylong an, ahnen nicht, dass die gute Straße genau hier endet. Der Großteil verläuft jetzt auf groben Schotter.

Nicht weit entfernt von Sarchu, dem Zeltcamp unserer Mittagspause, überqueren wir zögerlich eine baufällige Stahlbrücke mit riesigen Löchern. Leicht könnte ein Motorrad in den Öffnungen verschwinden. Zum Glück hat das Militär schon Maßnahmen ergriffen und ein Schild aufgestellt: „Fotografieren verboten!". Das von den Bergen strömende Wasser hat die (Schotter-)Straßen unter- und teilweise weggespült. Das Schmelzwasser ist darüber hinaus saukalt. Auf einmal endet die Straße, wir stehen wieder vor einem weggespülten Teilstück und wir sehen nur noch Wasser vor uns. Das Schmelzwasser hat sich die Straße als neuen Flusslauf gesucht. Uns bleibt nichts Anderes übrig, als im 20-30 cm tiefen Wasser unseren Weg zu finden. Eine Umfahrung ist im Tal nicht möglich. Das trübe Schmelzwasser macht eine Abschätzung der Wassertiefe schwierig. Steine, Löcher oder die optimale Fahrspur können wir nicht erkennen.

Ich denke nicht lange nach, lege den Gang ein, und gebe Gas. In einem Schwung geht es hinein ins kalte Nass, entlang einer gedachten Straßenführung. Die Durchquerung verläuft gut und ich stehe kurz darauf erleichtert und trockenen Fußes auf der anderen Seite. Mit Gesten signalisiere ich Martina nachzukommen, als wäre eine Wasserquerung auf dem 250 kg Oldtimer was ganz Alltägliches. Martina spürt vor Aufregung das Herz klopfen, sieht aber auch keinen anderen Weg als durchzufahren. Sie lässt die Kupplung kommen und es geht los, rumpl, pumpl, krach, platsch. Völlig außer Atem, etwas angefeuchtet, aber in einem Stück erreicht auch sie die andere Seite. Ich habe schon den Gang eingelegt, die nächste Querung wartet bereits. Die Straße führt einspurig weiter die Berge hinauf, der Fluss liegt jetzt einige hundert Meter weiter unter uns im Tal. Aufgrund der schmalen, einspurigen Straße ist Gegenverkehr gefährlich, speziell, wenn man mit dem Motorrad in der Rangordnung weit unter den LKWs angesiedelt ist. Bei einer Pause nutzen wir die gute Sicht hinunter in das Tal, setzen uns gemütlich auf einen Stein und halten Ausschau nach abgestürzten LKWs. Eine typische Brotzeit-Beschäftigung.

Kurz vor unserem Tagesziel, nur wenige Kilometer vor Keylong, gibt es kein Weiterkommen mehr, keine Chance. Nicht das Motorrad, sondern Martina ist am Ende. Zu anstrengend waren die 200 km, die wir seit Sonnenaufgang unterwegs waren. Die Luft ist einfach raus. Obwohl es schon zu dämmern beginnt, Keylong und eine Unterkunft schon am Horizont zu sehen sind, machen wir noch Pause. Zu später Stunde, im Dunkeln, beziehen wir ein Zimmer im größten Gebäude der Ortschaft, dem Hotel (mit drei Stockwerken).

Martina: *Die Tagesetappe ist für mich extrem anstrengend. Dauernd kommen Fahrsituationen auf mich zu, die ich noch nie zuvor zu bewältigen hatte. Mario meint, ich soll schneller fahren - würde ich ja gerne, aber wie? Dass Mario schon einige Wochen mehr Offroad Erfahrung hat, merkt man hier ganz besonders. Rückblickend wundere ich mich, dass es überhaupt so gut geklappt hat - ich habe keinen natürlichen Instinkt für Fahrtechnik. Damals habe ich noch mein Gewicht am Lenker abgestützt.*

Ich bin total fertig und brauche meinen gesamten Willen, um Mario nachzufahren. Ich brauche eine Pause. Ganz dringend. Und Mario bleibt nicht stehen. Ich hupe und blinke. Er fährt weiter und ich falle fast vom Motorrad. Beten hilft nicht, fluchen auch nicht - er bleibt einfach nie stehen. Aus Erfahrung weiß ich, dass es ihm auch sehr lange nicht auffällt, wenn ich einfach stehenbleibe. Wäre natürlich trotzdem die logische Lösung - aber logisch denken kann ich schon lange nicht mehr.

Der Manali-Leh Highway ist die bis dahin schönste und aufregendste Fahrt meines Lebens, nur die letzten Stunden der Tour ist das Gehirn zu müde, um noch Eindrücke abzuspeichern.

Die kleine Ortschaft Keylong ist in einen Hang gebaut, besteht aus wenigen engen Straßen und besitzt keine Straßenbeleuchtung. Ein Dach über dem Kopf ist aber erst der halbe Weg zum Glück, jetzt müssen wir uns auf Futtersuche begeben, um das Glück zu vervollständigen. In absoluter Dunkelheit irren wir durch die Gassen auf der Suche nach einem Lokal für unser Abendessen. Uns ist alles recht, zu müde sind wir, um auch noch wählerisch zu sein. Nach wenigen Minuten finden wir ein schön beleuchtetes, kleines Restaurant im Zentrum. Wir sind die einzigen Gäste, sehen uns kurz um und beschließen, das Lokal unverzüglich wieder zu verlassen. Schmutz bis hinauf zur Decke, hier können wir auf keinen Fall essen. Nur eine Straße weiter finden wir ein unbeleuchtetes Restaurant. Kein Schmutz ist sichtbar, das ist viel besser.

Spiti Valley

Kümmere dich nicht um die Schlaglöcher in der Straße und zelebriere die Reise. – Fitzhugh Mullan

Die Hauptstrecke des Manali-Leh Highways verbindet die kleine Bergstadt Manali, einem beliebten Ziel für indische Hochzeitsreisende, mit Leh. Von unserer Unterkunft in Keylong nach Manali, ans Ende des Highways, sind es nur noch knapp 100 km. Eine schöne Tagesetappe. Uns gefällt die Spazierfahrt durch den Himalaya so gut, dass uns für einen Umweg entscheiden. Wir möchten noch länger in den Bergen bleiben und beschließen, in ein entlegenes Tal weiterzureisen. Ein Tal, welches einen Großteil des Jahres von der Umwelt abgeschnitten ist, in dem es keine asphaltierten Straßen gibt und man einen Teil der Strecke im Fluss fahren muss - Spiti Valley.

Mitten im gegenwärtigen Abenteuer starten wir schon das nächste Abenteuer. Wir erwarten einen Umweg von ca. 600 km Schotterstraße. Ein besonderer Reiz der Strecke ist, dass ein Teil davon entlang der Grenze zu Tibet verläuft. Die 600 km entfernte Bergstadt Shimla definieren wir als unser neues Ziel.

Ein plötzlicher Ruck, kurzes Quietschen, das Hinterrad blockiert, ich fliege aus der Kurve und komme am Straßenrand zu liegen. Ohne Vorankündigung blockierte meine Hinterradbremse. Ein schwarzer Strich auf dem Asphalt endet am Straßenrand, wo ich verblüfft neben der Enfield sitze. Zum Glück war ich nur mit 30 km/h unterwegs. Der Sturz lief so schnell ab, ich hatte nicht einmal Zeit zum Fluchen. Nichts Ernsthaftes ist passiert, und ich mache mich sofort daran, die Ursache für den Sturz zu ermitteln und baue das Hinterrad aus. Eine verbogene Bremsankerplatte führte dazu, dass sich die Bremsbacken in der Trommelbremse verkantet und das Rad blockiert haben. Mit einem großen Stein hämmere ich die Platte wieder gerade, 30 Minuten später geht es weiter.

An einer Tankstelle erkundigen wir uns nochmal nach dem Weg bzw. der Abzweigung ins Spiti Valley. Wir ernten verwunderte Blicke, jeder will uns von der Fahrt abraten. Offenbar kann sich niemand vorstellen, warum jemand in ein einsames Tal fahren will, wenn die nächste Stadt nur 100 km entfernt liegt. Wir hören wiederholt von den schlechten bzw. nicht vorhandenen Straßen und Fluss-durchquerungen. Einige meinten, es sei schlicht und einfach nicht möglich, das Tal auf einem Motorrad gegen die Flussrichtung zu durchqueren. Ein Schweizer Paar, welches gerade aus dem Tal gekommen war, berichtet von einer abenteuerlichen Fahrt und empfiehlt die Strecke BALD AM MORGEN, wenn der Wasserstand am niedrigsten ist, zu durchfahren. Alle Beschreibungen sind ganz nach Martinas Geschmack, sie trägt inzwischen den Titel „Ad-venture-Rider erster Klasse", ihr machen Flussquerungen nichts mehr aus! Vorbereitet oder geplant hatten wir eine Fahrt in das Spiti Valley nicht. Wir brechen gewissermaßen zu einer Fahrt ins Ungewisse auf. Von den gut gemeinten Ratschlägen, das Tal nicht zu befahren, wollen wir nichts hören. Nur wir, die Fahrer selbst, können entscheiden, ob eine Strecke befahrbar ist oder nicht. Immer selbst beur-teilen!! Zu oft hatten wir schon „unbezwingbare" Strecken überwunden und „das schafft ihr leicht" stellte sich als unmachbar heraus.

Martina: *Das erinnert mich an eine Höhlentour in Südafrika, für die ich angeblich schlank genug war ... bin auch wirklich mit dem gesamten Körper durch den Spalt runtergerutscht und erst bei den Boobs stecken geblieben. Aber das ist eine andere Geschichte...*

Würden wir immer auf andere hören, wären wir jetzt wohl bei der Arbeit in einem gemütlichen Büro. Die gefährlichste Straße der Welt hatten wir ja schon hinter uns, wie schlimm kann Spiti Valley noch werden?

Wir lassen uns also nicht aufhalten, zumindest nicht von den guten Ratschlägen. Um den Weg in das Tal zu finden, folgen wir der Anweisung, der schlechtesten, unbefestigten Straße zu folgen. Auf diese Weise sollten wir die Abzweigung nicht verfehlen. Sie ist ja beschildert. Wir folgen also der schlechtesten Straße, die wir finden können. Oft verlassen wir sogar die schlechte Schotterpiste, weil es einfacher ist, in den umliegenden Feldern zu fahren. Die Straße windet sich über unzählige Serpentinen immer weiter hinauf. Es wird immer kälter und kälter, das Wetter wird immer schlechter. Keine Abzweigung. Nach langer mühsamer Fahrt erreichen wir 4.000 m üNN, es beginnt zu nieseln. Dicht bewölkt, kalt, Regen, schlimmer kann es nicht werden, ...doch..., ein Schild vor uns sagt: „Welcome to Rohtang Top". NEIN, wir haben uns verfahren und sind auf dem Rohtang Pass (50 km vor Manali) gelandet. Nur wenige Menschen können von sich behaupten, sie haben sich verfahren und sind ungewollt auf einem der schwierigsten Pässe der Welt gelandet, ganz zufällig.

Zukünftigen Besuchern wird die abenteuerliche Fahrt auf den Rohtang Pass erspart bleiben. Seit 2019 gibt es einen Tunnel, der Manali bzw. ganz Indien mit der Hochebene verbindet.

Wir kehren sofort um. Nur 30 km Umweg, die uns aber Stunden kosten. Wir müssen offenbar eine noch schlechtere Straße weiter unten im Tal finden. Der Weg zurück gestaltet sich wegen losen Gerölls sehr schwierig. Am Morgen war Martina noch stolz auf ihre neu erworbenen Fahrkünste, inzwischen ist das Strahlen auf ihrem Gesicht gewichen. Unten im Tal ist der neue Scheinwerfer an ihrem Motorrad wieder gebrochen.

Ein Einheimischer gibt uns den Hinweis, in 15 Minuten einfach rechts abzubiegen und er hat Recht. Nach exakt 15 Minuten finden wir die richtige Abzweigung, ein ganz unscheinbarer Weg, von oben kommend, der aber wenigstens sichtbar war. Auch den Wegweiser sieht man von hier. Endlich sind wir wieder auf der richtigen Strecke. Die Fahrt in das Spiti Valley kann weitergehen. Vor uns liegt ein weites, einsames Tal, in dessen Mitte der Chenab River fließt. Link und rechts von uns ragen kahle Berghänge 1.000 Meter in den Himmel. Vor uns ein Tal, welches in weiter Ferne mit dem Horizont verschmilzt. Wir folgen dem Chenab. Es ist keine Behausung, kein Fahrzeug und kein Tier zu sehen. Wir fühlen uns in der kargen Berglandschaft absolut alleine.

Um unser Ziel, Spiti Valley, die tibetische Grenze und die Ortschaft Kaza zu erreichen, müssen wir am Ende des Tals noch den Kunjum Pass überqueren. Wir rechnen mit einer Fahrzeit von 2 bis 3 Tagen für die 180 km Strecke. Die Strecke an einem Tag zu schaffen, speziell weil wir durch den Umweg auf den Rohtang Pass wertvolle Zeit verloren hatten, scheint uns unmöglich. Irgendwie möchten wir auch nicht auf direktem Weg in die nächste Ortschaft hetzen, sondern den Weg genießen und entlang der Strecke eine Unterkunft finden. Schon nach wenigen Kilometern müssen wir den Fluss zum ersten Mal queren. Die Überquerung stellt kein Problem dar, inzwischen sind wir schon geübt.

Martina: *Offensichtlich hatten die Schweizer maßlos übertrieben. So schwierig ist es trotz der späten Tageszeit und des auf Grund von Schmelzwasser höheren Wasserstandes nicht.*

Martinas Brust ist wieder mit Stolz erfüllt - Adventure-Rider erster Klasse. Wenige Kilometer weiter folgt die nächste, etwas schwierigere Durchquerung. Der Flussgrund und die Steine sind wegen des trüben Wassers nicht zu sehen, wir fahren beide gleichzeitig einfach drauf los. Das Wasser wird immer tiefer und tiefer. Es kommt, wie es kommen muss, an einer besonders tiefen Stelle bleibt Martina stecken, kommt einfach nicht mehr vom Fleck. Bis zu den Knien steht sie im eiskalten Schmelzwasser, die Enfield fest zwischen die Beine geklemmt. Ich mache mir Sorgen und Gedanken, wie es weitergehen und wie ich helfen könnte. Leider muss ich selbst aufpassen, mein eigenes Motorrad nicht im Wasser zu versenken. Das kalte Wasser belebt nicht nur die Sinne, es verleiht Martina auch ungeahnte Kräfte. Aufgeregt reißt sie am Lenker, schiebt vor, zurück und bekommt mit viel Mühe das Vorderrad wieder frei. Sie gibt Gas und gelangt nach 20 Metern wieder auf das

Trockene. Mein Motor nimmt mir das Wasser leider übel. Als ich an einer tieferen Stelle zum Stehen gekommen, geht er aus.

Es herrscht Stille, nur das Wasser ist noch zu hören (und Martinas Herzklopfen am anderen Ufer). Das Wasser läuft über den Motor und reichte hinauf bis zum Luftfilter. Ein Schieben der Maschine flussaufwärts gegen die Strömung über die großen Steine geht auf keinen Fall. Das Klump muss einfach starten! Minutenlang trete ich den Kickstarter wie verrückt, immer und immer wieder. Martina macht sich bereits Gedanken, wie sie mir zur Hilfe kommen kann, als es aus dem Auspuff „pfuff, paff, blub, blub" macht. Der Motor gibt ein Lebenszeichen von sich und beginnt zu stottern. Sie lebt!

Unendliche Erleichterung macht sich breit. Vorsichtig lege ich den Gang ein, jetzt nur keine falsche Bewegung! Auf keinen Fall möchte ich die Diva beleidigen. Vorsichtig, im Schritttempo suche ich einen Weg aus der Nässe. Heil am anderen Ufer angekommen, freuen wir uns, wieder zusammen zu sein, tauschen lebhaft unsere Emotionen aus. Nachdem ich an den Motorrädern nochmal alles überprüft und das Wasser aus dem Luftfilter geleert habe, fahren wir auch schon weiter. Unsere Füße sind zwar patschnass und saukalt, wir sind aber froh, wieder unterwegs zu sein. Für Martina war die Erholungspause nach der Durchquerung viel zu kurz. Ihr Puls ist noch auf 180, als es weitergeht.

Die weitere Strecke besteht aus mehr als 50 mehr oder weniger schwierigen Wasser-Querungen. Teilweise bildet der Fluss den Straßenverlauf und wir müssen einige hundert Meter im Wasser fahren. Selbst ein 100 km Tagesziel stellen sich aus gegenwärtiger Sicht als zu ambitioniert heraus, und 180 km Fahrt zur Ortschaft Kaza sind unmöglich. Wir hoffen, in Batal (oder Patal, oder Pattal, alle Schreibweisen finden wir auf den Schildern), nur ca. 50 km von der Einfahrt in das Spiti Valley entfernt, eine Unterkunft zu finden. Wegen des Umwegs auf den Rohtang Pass und der Strapazen der Strecke wollen wir heute nicht mehr weiterfahren. Wir möchten ein warmes, trockenes Lager und etwas Chai Tee, sonst nichts mehr. Ein Schild sagt, wir hätten nur noch 15 km nach Batal, also nur noch eine Stunde. Die Richtung braucht das Schild nicht zu weisen, links und rechts von uns nur Berge. Das Tal entlang des Chenab ist einsamer und entlegener als alle anderen von uns besuchten Gegenden.

Was uns in Batal erwartet, können wir auch nicht abschätzen und träumen von einem entspannten Tagesausklang bei gutem Essen. Fünfzehn Kilometer später ist weit und breit noch nichts von Batal zu sehen. Noch weitere vierzehn Kilometer fahren wir, bis erste, unbewohnte Militärgebäude in Sicht kommen. Dahinter taucht ein Zelt auf, wir sind am Ziel. Die indische Darstellung der Distanzen haben wir bis zum Ende der Reise nicht durchblickt.

Die schon von weitem ausgewiesene „Ortschaft" Batal ist zu unserer Verwunderung in Wirklichkeit nur ein einziges Zelt. In der Umgebung sind auch andere Gebäude zu sehen, nur sehen diese unbewohnt aus. Wir suchen Unterschlupf in dem einzigen Zelt der „Ortschaft", der Dhaba Chandra.

Wir lassen die Motorräder einfach stehen und gehen schnurstracks ins angenehm warme Zelt. Die Zähne klappern, wir zittern vor Kälte. Die Gastgeber-Familie empfängt uns herzlich mit heißem Chai. Meine erste Frage ist natürlich, ob es einen Platz zum Schlafen gibt. Nach kurzem Überlegen zeigt uns die Wirtin eine Steinschlichtung auf der anderen Straßenseite, ein Doppelzimmer! Ein nur ca. 1,2 Meter hoher Raum aus geschichteten Steinen, mit einer Plane als Dach, wird unsere Unterkunft. Das Bett ist ebenfalls eine 30 cm hohe Steinschlichtung, der Lattenrost - Steinschlichtung, die Matratze - Steinschlichtung, darauf eine Lage Verpackungskarton und einige Decken. Als Türe dient ein Stück Wellblech. Fenster werden nicht benötigt, zwischen den Steinen pfeift der Wind durch. Wir sind auf jeden Fall zufrieden, wir haben eine Plane über dem Kopf und den überlebenswichtigen Daunenschlafsack dabei. Langsam macht sich Erleichterung breit. Eine wichtige Teilstrecke ist geschafft und wir haben auch noch eine „einzigartige" Herberge gefunden.

Die Zeltkonstruktion der Dhaba wirkt durch massive Anbauten und sogar Waschmöglichkeiten vor dem Eingang wie ein kleines, durchaus stabiles Haus. Der untere Bereich des Zeltes besteht bis auf eine Höhe von ca. 1 Meter aus aufgeschichteten Steinen, in der Mitte des Zeltes steht eine 2 Meter hohe Stange, welche die gelbe LKW-Plane, das Dach, stützt. Durch die Plane erhält der Innenraum freundliches gelbes Licht, egal wie das Wetter draußen ist. Fenster werden keine benötigt. Innen ist das Zelt optimal aufgeteilt, vorne in der Nähe des warmen Küchenbereichs gibt es Sitzmöglichkeiten (natürlich Steinschlichtung) für die Gäste. Ein halber Baumstamm dient zum Abstellen der Gläser. Anders als in den Fallschirmzelten von Pang hat die Küche eine richtig gemauerte Feuerstelle. Küchenschränke gibt es keine. Das Geschirr wird in Löchern in der Steinschlichtung aufbewahrt. Hinten im dunklen, kühlen Bereich des Zeltes sind einige offene Regale mit den allerwichtigsten Lebensmitteln für die Durchreisenden: Chips, Cola, Kekse - sonst gibt es nichts. (Martina: es muss auch Whisky gegeben haben, den gibt es immer). Trotz Hunger und Kälte geht es uns gut, wir sind einfach glücklich, den Tag geschafft zu haben. Martinas Stimme macht mir Sorgen. Sie hört sich schwach und verkühlt an. Hoffentlich wird sie nach einer kleinen Stärkung wieder fit. Unverzüglich bestellen wir das Essen, viel Auswahl gibt es ja nicht. Es wird das Nationalgericht Dal Bhat, Linsensuppe mit Reis, serviert.

Wir kauern auf der niedrigen Sitzbank mit einem Blech-Teller voll Reis und Linsen auf dem Schoß. Die drei wichtigsten Grundelemente für eine glückliche Reise haben wir gefunden: Einen trockenen Platz, Essen und eine Schlafgelegenheit. Wir sind überglücklich und dankbar.

Fast gleichzeitig mit uns trifft auch eine Gruppe indischer Touristen, ca. 9 Leute, mit zwei Geländewagen, an der Dhaba ein. Die Gruppe ist Teil einer geführten Abenteuerreise, die, wie auch wir, unerwarteterweise hier an der Dhaba „stranden". Auf die vielen Gäste ist die Dhaba nicht vorbereitet. Unter den Einheimischen wird aufgeregt diskutiert, wo die Gäste nun schlafen sollen. Uns lässt die Diskussion kalt, wir haben unseren Steinhaufen schon bezogen. Sichtlich mitgenommen machen sich die indischen Gäste, wie auch wir, gleich daran, sich zu stärken. In einem unendlichen Redeschwall berichten sie von den

105

erlebten Abenteuern auf dem Weg hierher. An einem Wagen ist die Achse gebrochen und das zwingt sie, hier zu übernachten. Beim Abendessen unterhalten wir uns hervorragend, jeder will ausführlich von seinen Abenteuern auf dem Weg erzählen. Als die Leute hören, dass wir nicht im Geländewagen, sondern mit alten indischen Motorrädern das Wasser durchquert haben, gehört die gesamte Aufmerksamkeit uns. Wie ein Einäugiger unter Blinden sind wir Motorrad-Laien in dieser Runde die Premium-Adventure-Biker. Wir finden es schön, nicht alleine in der Unterkunft zu sein. Nach dem Essen bleibt uns noch genug Abendlicht für einen gemeinsamen Spaziergang um einen nahegelegenen kleinen See.

Die wärmende Tasse Tee und der gute Teller Dal Bhat verfehlen bei Martina die gewünschte Wirkung, sie kommt nicht zu Kräften. Mit schwacher Stimme stellt sie klar: „Das war bis jetzt der abenteuerlichste Tag...!", danach folgen ein paar Huster. Martina ist krank, richtig krank. Die Anstrengungen, das nass-kalte Wetter haben ihr stark zugesetzt, sie schläft sofort ein.

Martina: *Jetzt ist mir auch klar, warum der Vortag so extrem anstrengend war.*

Es gibt keinen Strom, keinen Fernseher, kein richtiges Licht. Das einzige Abendprogramm ist es, den Besitzern zuzusehen, wie sie versuchen, eine Maus im Keksregal zu fangen. Auch bei mir werden nach Sonnenuntergang sofort die Augen schwer und es geht ab auf unser steiniges Lager.

Wir schlafen gut, die Nacht ist erholsam und der nächste Morgen beginnt mit perfektem Wetter. Nur wenig Eis ist auf den Motorrädern, der Frühstücks-Chai bringt uns auf Touren, es kann weitergehen. Nach den Erfahrungen vom Vortag schätzen wir unsere Reichweite für eine Tagestour neu ein. Das 90 km entfernte Kaza ist definitiv zu weit für eine Tagesetappe; als neues Ziel legen wir die Ortschaft Losar, nur 29 km entfernt, fest. Aufgrund der kurzen Etappe planen wir einen Abstecher zu einem in der Nähe gelegenen, wunderbar in den Bergen eingebetteten, See. Martina hatte sich zwar über Nacht etwas erholt, beim Packen ist sie aber sichtlich geschwächt, dennoch brechen wir auf. Entlang der Route halten wir Ausschau nach einer Abzweigung von der „Hauptstraße". Wir finden die Abzweigung, es geht weiter auf einer kleinen, in den Hang gehauenen Schotterpiste. Die Piste ist nicht weniger aufregend als die Hauptstraße, oft liegen Felsen auf der Strecke und Wasser gibt es zur Genüge. Ein Unterschied zum Vortag besteht jedoch - gestern folgten wir dem Tal, jetzt sind wir auf einer exponierten, seitlich abschüssigen Straße unterwegs, neben uns ein 1.000m tiefer Abgrund.

Martina: *Ich fühle mich bei der Fahrt nicht wohl. Es ist auch nicht der kleinste Wall zwischen Weg und Abhang, nichts, wo sich der Reifen bei einem Fahrfehler fangen könnte. Ich bleibe mit dem Motorrad, auf der Bergseite des Weges. Hätte ich den Außenfuß belastet, wäre die Strecke viel einfacher gewesen. Aber man weiß halt nicht, was man nicht weiß. Ich bin erleichtert, als die nervenaufreibende Strecke endlich zu Ende ist. Aber dann kommen drei Meter Sand mit einem einzigen Stein in der Mitte.*

Wir hören ein lautes Krachen, Martinas Fußbremshebel steht im rechten Winkel vom Motorrad ab. Sie hatte den großen Stein gestreift und war mit dem Fußbremshebel daran hängengeblieben. Aufgrund des schönen Wetters bei grandiosem Ausblick macht uns die anstehende Reparaturpause nichts aus. Der Bremshebel ist schnell wieder dort, wo er hingehört, und wir können weiterfahren.

Angelangt am See ernten wir die Belohnung für unsere Anstrengungen. Vor uns liegt der tiefblaue Chandra Taal See, umgeben von grünen Wiesen, auf denen Schafe weiden. Traumhaft, wir legen uns in die Wiese und genießen die Sonne. Martina schläft eine Runde, ich spaziere um den See. Mittags gönnen wir uns eine Mahlzeit in einem der nahegelegenen Zelte und ziehen am frühen Nachmittag weiter die Berge hinauf. Unser Ziel, Losar, liegt noch weit in der Ferne. Grober Schotter bildet die Straße, die Schlaglöcher werden immer größer, bald passt ein ganzes Motorrad hinein. Wir erreichen den letzten Pass vor unserem eigentlichen Ziel Spiti Valley auf knapp 4.600 m üNN - Kunzum La. Uns ist absolut nicht bewusst, dass der Kunzum La eine besondere und heilige Stätte ist.

Unerwarteterweise tauchen vor uns Stupas auf, Gebetsfahnen wehen im Wind, mitten im Nirgendwo, mitten im Himalaya. Wir empfinden die Kulisse in den Bergen richtig surreal. Welche Menschen nehmen die Mühen auf sich, hunderte Kilometer entfernt von der nächsten Stadt, entfernt von jeglicher Infrastruktur heilige Stätten wie diese zu errichten. Vom Pass aus können wir endlich das erste Mal in das Spiti Valley hinabblicken, welches über Jahrtausende durch den Spiti River geformt wurde. Wir werden dem Fluss die nächsten Tage folgen.

Die Fahrt hinunter ins Spiti-Tal ist nicht weniger anstrengend als die Auffahrt. Die heutige Etappe ist zwar nicht so nass und kalt wie die am Vortag, jedoch ist die Piste wesentlich schlechter. Als endlich das Tagesziel Losar vor uns auftaucht, sind wir (nur 29 km entfernt von der letzten Unterkunft) am Ende unserer Kräfte. Die Ortseinfahrt ziert ein mit religiösen Symbolen bemalter Bogen, unter dem Martina für ein abschließendes Foto der Etappe posieren möchte. Sie ist so geschwächt, sie fällt beim Stehenbleiben mit dem Motorrad einfach um und bleibt liegen. Die erste Unterkunft ist auch gleich die beste. Wir haben Glück und erhalten sogar ein schön eingerichtetes Zimmer mit Warmwasser, das ist keine Selbstverständlichkeit.

Die Ortschaft Losar besteht nur aus einer Straße, Restaurants gibt es nicht. Wir bleiben zum Abendessen in der Unterkunft, um uns von unserer liebevollen jungen Hausherrin bekochen zu lassen.

Nachdem wir uns es im beheizten Gemeinschaftsraum auf traditionelle Art, auf dem Boden sitzend, gemütlich gemacht haben, trifft eine Gruppe israelischer Mädchen ein. Die sechs Mädchen sind Teil einer geführten Gruppe. Nachdem sie es sich gemütlich gemacht haben, beginnen sie intensiv, in der Speisekarte zu blättern. Panik! Jetzt aber schnell bestellen, damit wir die ersten sind. Obwohl die Karte eine erstaunlich große Auswahl an guten Gerichten hat, bestellen wir sofort Momos. Momos sind flache, gedünstete Teigtaschen, oft mit Fleisch gefüllt und immer gut. Wir schaffen es, noch vor der Gruppe zu bestellen. Alle sechs bestellen unterschiedliche Gerichte ohne zu bedenken, dass es im Haus nur eine Hausherrin/Köchin, eine Feuerstelle und vermutlich nur einen Topf gibt - Die Einheimischen sind viel zu nett, um aufzuklären, dass sechs verschiedene Gerichte die Wartezeit versechsfachen würden. Nach dem Essen geht es uns auf jeden Fall wieder besser.

Martina: *Ich bin zwar nicht mehr hungrig, aber meine Haut glüht. Ich habe hohes Fieber und gehe sofort ins Bett. Aber Mario ist wieder gut drauf.*

Erstens, weil Essen ungemein hilft, die Stimmung zu heben, zweitens, weil ich mit etwas Genugtuung erkenne, dass wir nicht die einzigen sind, die die Tour unterschätzen. Auch die Israelis sind erschöpft.

Die dünne Luft macht einem Mädchen besonders zu schaffen, sie wird ruhig, ihr geht es immer schlechter. Offenbar ist sie höhenkrank, sie liegt auf dem Boden und spricht den ganzen Abend kein Wort. Wir sind so weit in den Bergen, dass es von hier keinen raschen Abstieg gibt. Mitten im Himalaya dauert es zumindest zwei Tage in jede Richtung, um die Höhe zu verlassen. Hat man einmal die Tour begonnen, muss man sie bis zum Ende fortsetzen. Wiederholt werden wir während der Reise Zeugen ähnlicher Situationen, sehr oft mit Israelis. Israelis bekommen nach ihrem Militärdienst ein Jahr frei und bereisen in dieser Zeit gerne Indien oder Südamerika. Leider kennen sie keine Berge, wissen oft nicht, dass es die Höhenkrankheit gibt oder dass sie gefährlich ist und können mit der Höhe nicht umgehen. In einer anderen, ähnlichen Situation, als sich ein Israeli höhenkrank übergibt und auf das Jüngste Gericht wartet, sagt er zu mir: „Ich hätte nicht gedacht, dass es einen Platz auf Erden gibt, wo einen die bloße Anwesenheit umbringen kann." Er hatte die vielen Warnungen ignoriert.

Martina ist am nächsten Tag immer noch fiebrig und verschläft den gesamten Tag. Wir fahren nicht weiter, sondern verbringen einen Rasttag in Losar. Die kleine

Ortschaft bietet keine besonderen Sehenswürdigkeiten, daher nutze ich die Gelegenheit, das Leben dort zu studieren. Mit einem Glas Chai setze ich mich an den Straßenrand und beobachtet den Verkehr. Es zeigt sich ein für mich hochinteressantes Phänomen. Sobald drei Fahrzeuge in der Ortschaft aufeinandertreffen, entsteht unweigerlich ein Stau, der sich erst nach Minuten wieder auflöst. Für einen Europäer ist das Verkehrsgeschehen wirklich schwer zu verstehen. Alle fahren durcheinander, halten, wann immer sie wollen, setzen zurück, pflücken während der Fahrt Früchte von den Bäumen oder schlafen auf der Straße. Die Abläufe an der Bushaltestelle sind besonders bemerkenswert. Lange vor der geplanten Ankunft des Busses sammeln sich Touristen an einer nicht gekennzeichneten Haltestelle. Eine Haltestelle befindet sich dort, wo die Fahrgäste stehen, ganz einfach. Endlich kommt ein Bus in Sicht, alle springen auf und packen ihre Sachen. Jeder will einen Sitzplatz, keiner will auf das Dach. Der Bus hält an, alle drängen hinein, jedoch ist dieser bereits zum Bersten voll. Nachdem die Touristen ihren Platz haben, steigen alle Einheimischen aus, sie holen sich Chai und bestellen Essen bei den Händlern in der Nähe der Haltestelle. Dann beginnt das Einladen von Holz, Einkäufen und sogar ganzen Tieren. Nach einer Stunde steht der Bus noch immer im Ortszentrum.

Die „3-Auto-Chaos-Regel" gilt natürlich mit einem Bus in der Ortschaft nicht, diese wird dann zu einer „2-Auto-Chaos-Regel". Die ganze Zeit hindurch halten die Touristen ihre Plätze, auf keinen Fall möchten sie den Bus versäumen. Am Ende steigen wieder alle Einheimischen ein, finden irgendwo einen Platz, und der Bus fährt weiter, ganz ohne Stress.

Unseren Motorrädern kann man die Strapazen ansehen. Teile fallen ab und jede einzelne Strebe der Tortenpalette (dem oberen Träger) ist gebrochen. Die Rucksäcke packen wir von nun an auf den Soziussitz, die seitlichen Kisten werden zusätzlich von Spanngurten gehalten. In den letzten Tagen war die Reisegeschwindigkeit aufgrund der schlechten Straße auf nur 5-8 km/h reduziert. Jetzt sind wir im Spiti Valley angekommen, und es soll von nun an zügiger weitergehen. Auf der Straße nach Kaza gibt es zum Glück keine Pässe zu überwinden. Wir müssen einfach nur dem Spiti River folgen und sind darüber irgendwie erleichtert.

Kaza ist die größte Stadt auf der Strecke. Für jeden, der das Gebiet bereisen will, gibt es zumindest an dieser Stelle einen Pflichtstopp. Bei der Behörde muss für die Weiterfahrt ein Inner Line Permit (ILP) beantragt werden. Die weitere Strecke führt so nahe an der tibetischen Grenze entlang, dass jeder Reisende eine eigene Genehmigung, ein „Permit" benötigt - reine (Geld-)Formsache.

Die Weiterfahrt gleicht eher einem gemütlichen Dahinrollen mit genug Zeit zum Halten, Fotos machen und genießen. Oft fahren wir ungeniert querfeldein, denn die Weiden neben dem Spiti River sind teilweise schöner zu befahren als die Straße selbst. Der Spiti River hat sich an einigen Stellen besonders markant in die Landschaft gegraben und bildet speziell gegen Abend eine wunderbare Fotokulisse. Wir halten ab und zu an der Abbruchkante einfach nur, um einen Blick hinab zum Fluss zu werfen. Am gegenüberliegenden Flussufer taucht in der Ferne ein tibetanisches Kloster hoch auf einem Berg auf. Ein mehrstöckiger, weiß gestrichener, quaderförmiger Bau, inmitten der kargen

Berglandschaft. Kilometerweit nur unwegsames Gelände, Berge, der Fluss und plötzlich dieses Kloster hoch auf dem Berg. Der Anblick macht uns die Nähe zu Tibet klar.

Wir sind nicht mehr weit von Kaza entfernt und setzen einen Besuch des Klosters ganz oben auf unsere Liste, doch zuerst gilt es, eine Unterkunft zu finden und das „ILP Permit" für die Weiterfahrt zu organisieren.

Weil Kazar gut in der Mitte des Tals liegt und man nur dort das ILP beantragen kann, ist hier ein richtiger Treffpunkt für Reisende. Die Europäer sind meist zum Wandern in der Gegend, Israelis lassen sich auf der Suche nach etwas Abenteuer mit Jeeps hierherfahren und feiern in erster Linie. Ab und zu kommen auch Motorräder nach Kazar.

Wir wollen uns etwas von den Strapazen erholen und planen, einige Tage zu bleiben. Im Zentrum ist es zu hektisch, daher nehmen wir ein Zimmer etwas außerhalb der Stadt. Martina braucht Bettruhe und ich mache mich sofort daran, das ILP für uns zu organisieren. An diesem Tag bin ich der einzige Besucher auf dem Amt. Das Amt, ein sehr spartanischer Betonbau, der an eine aufgelöste Militärkaserne erinnert, ist so gut wie leer. In den Gängen herumirrend versuche ich jemanden zu finden, der hier arbeitet. In einer kleinen, unscheinbaren Kammer, hinter Bergen von Akten versteckt, entdecke ich schließlich zwei Beamte und werde angewiesen, den Antrag mit Passfotos und Passkopien vorzulegen. Ich habe keinen Antrag und erkläre, dass ich diesen hier stellen möchte. Das Problem ist nur, es gibt auf dem Amt keine ILP-Antragsformulare. Das Amt fühlt sich nicht zuständig, Formulare zur Verfügung zu stellen und ich werde angewiesen auf dem Markt die entsprechenden Formulare zu kaufen. Überrascht mache ich mich auf den Weg, irgendwo in der Stadt ein Formular zu kaufen.

Nicht weit entfernt vom Amt entdecke ich einen Copyshop. Dieser könnte Passkopien anfertigen und vielleicht hat er ja auch eine Kopie des gesuchten Formulars. Das Problem ist nur, der Shop ist geschlossen, weit und breit keine Menschenseele zu sehen. Von außen erkenne ich einen kleinen Raum von ca. zehn Quadratmetern, in dem lediglich ein riesiger Kopierer steht. In der ganzen Straße keine Leute, niemand, den man fragen könnte. Erst nach 15 min. taucht jemand auf, der den Besitzer des Copyshops kennt.

Als der Besitzer zur Stelle ist, weiß er natürlich sofort, was ich Tourist will. Jeder benötigt eine Passkopie und Kopie von dem ILP Antragsformular. So einfach geht das jedoch nicht. Erst muss für das Notstromaggregat Diesel organisiert werden, dann Werkzeug zum Öffnen des Tanks, dann ein Trichter, dann eine Batterie zum Starten. Ohne Probleme startet der Generator. Nach einer langen Stunde hin und her haben wir endlich Strom. (Wahrscheinlich bedeutet „Kaza" „Stadt ohne Strom".) Wir haben Strom am Generator, aber noch nicht am Kopierer! Zwei blanke Drähte ragen aus dem Generator, uns fehlt ein weiteres Stück Draht, um den Kopierer mit dem Generator zu verbinden. Fünf Minuten später, der Kopierer fährt hoch, wir sind am Ziel - nein, noch lange nicht. Es stellt sich heraus, es gibt kein Formular (mehr), welches als Kopiervorlage dienen könnte. Der junge Mann macht sich daran, einfach einen Zettel mit Feldern für Name, Adresse, Nationalität, Passnummer usw. mit der Hand zu schreiben. Er kopiert diesen Zettel viermal, fertig.

Eineinhalb Stunden später bin ich wieder auf dem Amt. In meiner Hand einige handgeschriebene, kopierte Zettel, auf denen mein Name und die Passnummer stehen - dem offiziellen ILP Antragsformular. Das ILP bekommt einen Stempel, die Gebühren entrichte ich brav, aber eine Genehmigung bekomme ich noch nicht. Der Amtsvorsteher wünschte vorher eine persönliche Vorsprache! Man drückt mir das dicke Register der gesamten ILP Antragsteller in die Hand und schickt mich in das angrenzende Gebäude des Amtsvorstehers. Dort angekommen darf ich unverzüglich zur Vorsprache in das Büro des Amtsleiters eintreten. Schüchtern blicke ich mich im geräumigen, rustikalen Büro um, der Amtsleiter mustert mich. Mir wird Tee zubereitet.

Statt einer Befragung folgt eine nette Unterhaltung bei Tee und Kuchen. Es stellt sich heraus, dass die Vorsprache beim Amtsleiter für die Genehmigung nicht notwendig ist, er unterhält sich einfach nur gerne mit durchreisenden Ausländern. Aus diesem Grund wird jeder zu Tee und einer Vorsprache (ein)geladen. Als wäre er von der restlichen Welt abgekapselt fragt er wissbegierig nach den Geschehnissen in der restlichen Welt, den politischen Vorgängen in Europa und möchte aus meiner persönlichen Sicht erfahren, wer Freund bzw. Feind der Österreicher ist. Im Gegenzug darf auch ich erfahren, wie angespannt die Situation mit dem Nachbar China ist. Die Chinesen hatten sich gerade erlaubt, eine Straße durch indisches Gebiet zu bauen. Die Inder haben die Straße gerade wieder gesprengt und dadurch China die Stirn geboten. Am Ende der Unterhaltung bekomme ich meine und auch Martinas Antrag genehmigt. Als Martinas Ehemann darf ich für sie die Anträge unterschreiben, wie praktisch. Martina kann sich weiter ausruhen und muss nicht selbst vorstellig werden.

Wir nutzen die nächsten Tage, um das Tal und die Berge genauer zu erkunden. Nicht oft kommt man in eine Gegend, die so karg und dennoch so beeindruckend ist. Wir sind in einer Region, in der sich eine simple Fahrt in die nächste Stadt wie eine Weltreise anfühlt (und dementsprechend selten angetreten wird).

Die erste Erkundungsfahrt führte in das Key Monastery - das Kloster auf 4.300 m üNN, welches wir bei der Anfahrt schon entdeckt hatten. Die Zufahrt durch eine kleine Ortschaft namens Kibber, mitten auf einem steilen Hang, ist schon ein kleines Erlebnis für sich. Die Straße ist so steil, man sollte seine Kupplung gut in Griff haben. Ganz oben, alles überblickend, das Kloster. Unsicher marschieren wir in das Kloster. Wir kennen die Bräuche nicht und wissen nicht, ob wir als Atheisten überhaupt willkommen sind. Niemand stört sich daran und wir können uns im Kloster frei bewegen. Die Klosterräume sind winzig. Wesentlich kleiner als die Klosterzellen in einem christlichen Kloster und besonders einfach eingerichtet, sie sind faktisch leer. Hauptattraktion ist die goldene Buddhafigur im hinteren Teil des Zeremonienraums, geschützt hinter Glas. Die Wände sind mit zahlreichen Bildern des Dalai Lama behängt, der nicht weit entfernt, in Dharamsala, im Exil lebt. Hunderte von kleinen Fächern bilden die Wand des Zeremonienraums. In jedem Fach ein dickes, in Holz gebundenes Gebetbuch mit aufwändiger Schleifenverzierung - eines für jeden Mönch.

Das Beeindruckendste für mich ist der Blick vom Flachdach des Klosters hinab in das Tal des Spiti Flusses und auf die umliegenden Gipfel. Wir hatten von den kleinen Ortschaften Hikkim und Komic auf knapp 4.500 m üNN, den höchsten, das ganze Jahr über bewohnten Ortschaften der Welt, gehört. Natürlich müssen wir diese besuchen und treten nach dem Besuch des Klosters die Fahrt an. Die Straße zu den Dörfern wird steiler und immer steiler, die Motorräder werden langsamer und langsamer. Bald geht den Bikes die Kraft aus, leichte Panik überkommt uns. Ich gebe Vollgas, schiebe mit aller Kraft an, ich rutsche rückwärts die Straße wieder hinunter. Wir geben uns nicht geschlagen, querfeldein über die Felder erreichen wir die Dörfer. In beiden gibt es absolut nichts Interessantes zu sehen. Die Siedlungen sind eine Ansammlung von kleinen Bauernhäusern. Die Besichtigung beschränkt sich im Wesentlichen auf eine kurze Durchfahrt. Wir trinken einen Tee und kehren wieder nach Kazar zurück.

Im Stadtzentrum von Kaza werden auf die Touristen abgestimmte Menüs angeboten, auf den Tafeln steht u.a. „Isarali Falafal" oder „Schanitzel" geschrieben. An der Türe einer Keller-Bar entdecken wir die Ankündigung zu einem großen Kinoabend, der schon in wenigen Minuten beginnen soll. Diesen wollten wir uns nicht entgehen lassen und zwängen uns in den kleinen, bereits gut gefüllten Vorführraum. Alle sitzen gespannt im Dunkeln. Zwanzig Leute gedrängt auf zehn Quadratmetern warten auf die Vorführung. Hatte ich schon erwähnt, „Kaza" bedeutet „Stadt ohne Strom"? Nach einer Stunde gebannten Blickes auf eine leere, weiße Wand wird den meisten bewusst, ohne Strom gibt es keine Vorstellung.

BALD AM MORGEN verlassen wir Kazar und freuen uns auf die Weiterfahrt durch das Spiti Valley. An der Stadtausfahrt kann ich einen Reifenhändler noch überzeugen, mir den mitgeführten Autoreifenschlauch in einen Motorradschlauch umzutauschen. In Delhi hatten uns die Schurken einen Autoreifenschlauch, statt eines Motorradschlauchs untergejubelt. Als nächstes Ziel legen wir die kleine Ortschaft Nako fest, welche nur wenige Kilometer von der tibetanischen Grenze entfernt liegt. Zunächst müssen wir jedoch den Weg dorthin finden. Entlang den Serpentinen fällt uns Rauch auf, der von den Hängen aufsteigt. Ein eher ungewöhnlicher Anblick, und wir fragen uns, woher der Rauch kommen könnte. Als wir den vollen Blick auf den Hang vor uns haben, finden wir die Ursache. Die Wärme der Sonne schmilzt auf den Gipfeln Eis und lockert das Gestein, welches mit Staubfahnen ins Tal stürzt. Die Felsen und das Geröll reißen alles mit, was sich in den Weg stellt. Uns wird klar, wir befinden uns mitten in der Flugbahn der Felsen und sehen die nächsten „Rauchwolken" schon aufziehen. Vollgas, nichts wie weg!

Martina: *Shooting stones (Steinschlag) bedeutet hier wirklich: stehenbleiben, genau schauen und hören und dann schnell die markierten Bereiche hinter sich bringen. In der österreichischen Fahrschule habe ich gelernt, dass Steinschlagschilder bedeuten, dass Steine auf der Fahrbahn liegen könnten. Ich habe aber noch nie welche gesehen. Was für ein Unterschied.*

Das kleine, isoliert in den Bergen gelegene Nako und der benachbarte See befinden sich auf knapp 3.600 m üNN. Im Zentrum gibt es eigentlich nur eine Straße mit einer Handvoll Unterkünfte. Als wir ankommen, ist die gesamte Ortschaft eifrig mit der Erbsenernte beschäftigt. Alle arbeiten auf den Feldern und tragen die vollen Säcke ins Ortszentrum, wo diese gewogen und verladen werden. Nako ist wunderschön, urig. Über die engen Gassen beugen sich die schiefen Häuer. Ein mit eingekerbten Trittstufen versehener Baumstamm dient als Leiter. In Mauerritzen blühen Blumen. So ähnlich könnte es auch im Mittelalter bei uns ausgesehen haben. Abgesehen davon, dass es in Nako sauber ist und nicht stinkt. Besonders interessant finden wir die Flachdächer, auf denen einen Meter hoch das Brennholz für den Winter aufgeschichtet liegt. An keinem Haus darf die meterlange Fahnenstange mit den 5-farbigen Gebetsfahnen fehlen. Uns gefällt die Zuordnung des buddhistischen Mantras, der heiligen Silben, zu Farben. Die Silben des Gebets „Om Ma Ni Padme Hum" sind entsprechend den Farben Blau, Weiß, Rot, Grün und Gelb zugeordnet. Um das Mantra in die Welt hinauszutragen, benötigt man dann nur noch entsprechend farbige Fahnen. Der Wind übernimmt die Verbreitung. Wenn man aufmerksam durch die Gassen wandert, gibt es an jeder Ecke etwas zu entdecken. In einigen Nischen der Hauswände finden wir Gebetsmühlen mit schönen Verzierungen und natürlich dem Mantra oder bunt gestaltete Gottheiten. Zusätzlich gefällt uns die idyllische Umgebung. Aufgrund der Abgeschiedenheit kann man in Nako noch sehr ursprüngliches Landleben beobachten. Die Leute leben hier vermutlich seit 100 Jahren nahezu unverändert (abgesehen, von einer Handvoll Touristen, ab und zu Strom und einer Telefonanbindung).

Wir beschließen kurzerhand, länger zu bleiben, um in der Gegend zumindest eine Wanderung zu unternehmen.

Inzwischen sind wir schon länger in großer Höhe unterwegs und schon ein wenig an die dünne Luft angepasst. Vorbei an langen Mani-Mauern und vorbei an einem Tempel führt der Weg stetig empor, gesäumt von wilden Pferden und Gebirgsbächen. Mani-Mauern sind allgegenwärtig. Es handelt sich dabei um Mauern, die aus flachen Steinen aufgeschichtet wurden. Auf jedem Stein steht, wie auch auf den Fahnen der Hausdächer, das Mantra geschrieben (Konkret: ॐ मणिपद्मे हूं), die Wand darf nur im Uhrzeigersinn umschritten werden, ansonsten würde man die Gebete ja rückwärts lesen.

Martina: *Ich frage mich, würden die Gebete gelöscht werden, wenn man die Wand in falscher Richtung umschreitet?*

Ohne Probleme spazieren wir auf 5.000 m üNN hinauf und genießen den Blick auf die Berge im Grenzgebiet. Am frühen Nachmittag entscheidet sich Martina, einem einfacheren Weg zu folgen, sie möchte sich an ihrem „freien" Tag nicht verausgaben.

Ich möchte noch ein Stück weiter hinauf auf die Berge, möchte so nahe an die Grenze zu Tibet wie möglich. Einige Stunden später halte ich an einer Anhöhe, setze mich auf einen Stein, vor mir der 6.816 Meter hohe Gipfel des Reo Purgyil, der Grenze zu Tibet. Die Sonne scheint, es ist wolkenlos, soweit das Auge reicht keine Menschenseele, nur atemberaubendes Bergpanorama. Alleine sitze ich mitten im Himalaya und genieße den uneingeschränkten Blick auf die Bergwelt von Tibet vor mir und Indiens hinter mir. Ich fühle mich unendlich frei. Und es wird noch besser, ich habe noch Brot und Wasser in meinem Rucksack, perfekt. Tibet sieht übrigens genauso aus wie Ladakh oder Himachal Pradesh. Eine offensichtliche Grenze zwischen den Ländern ist nicht erkennbar. Am frühen Nachmittag trete ich den Rückweg an und freue mich schon, meine Wanderung mit Martina bei einem gemütlichen Abendessen nochmal zu durchleben.

Zurück in Nako treffen wir Bauern, die damit beschäftigt sind, die vollen Erntesäcke des Tages auf LKWs zu verladen. Es gilt: 1 LKW + 1 PKW = Chaos, aber hier sind es plötzlich fünf Autos! Ich kann es immer noch nicht glauben, fünf Autos in einem Ort führen nicht nur zu Stau, sondern zu absolutem Stillstand. Zum Glück kommt an diesem Abend kein weiteres Auto durch die Ortschaft, so kann sich das Durcheinander schon nach 30 Minuten (!) auflösen. Es macht uns Spaß, am Straßenrad Chai zu genießen und statt fernzusehen, die verzweifelten Fahrzeuglenker zu beobachten, wie sie versuchen das Durcheinander wieder aufzulösen. Ich stelle mir die Frage, ob es möglich ist, mit noch mehr Autos, ein unauflösbares Chaos zu erzeugen, ein Durcheinander, welches nie wieder aufgelöst werden kann.

Was mir etwas fehlt, ist das richtige „Alpen-Feeling", welches zuhause aufkommt, wenn man einige Tage auf Almen und Hütten verbringt. Wir sind zwar von massiven Bergen umgeben, jedoch ist die Umgebung so karg, die Verpflegung und Kultur so fremd, dass wir uns eher auf einer Reise, als auf einer Bergtour fühlen. Vielleicht kommt das Alpen-Gefühl ja auf, wenn wir nach „Little Switzerland", nach Sangla, weiterreisen, so verspricht es zumindest die Touristenwerbung. Wir machen uns also weiter Richtung Spiti-Valley-Ausgang, Richtung Little Switzerland, auf den Weg und sind gespannt, was uns erwartet.

Von nun an fahren wir entlang des trüben, tosenden Spiti River, der eine tiefe Schlucht in die Berge schneidet. Neben uns senkrechte, teils überhängende Felswände. Als wir um eine Kurve kommen, sehen wir am Hang über uns eine Staubwolke. Inzwischen achten wir auf solche Kleinigkeiten. Nichts ist zu hören, keine Steine sind zu sehen, aber irgendwas muss in Bewegung sein. Wir stoppen aus Vorsicht und beobachten die Hänge. Der Staub legt sich wieder, offensichtlich war nichts geschehen. Als wir weiterfahren, kommt uns nochmal eine Staubwolke entgegen. Uns ist nicht wohl zumute, als nach einer Biegung das gesamte Tal komplett in Staub gehüllt vor uns liegt. Der Staub lichtet sich und wir finden die Straße vor uns von einem gewaltigen Felsen auf gesamter Breite blockiert. Ein Felsen, so groß wie ein Wagen, ist auf die Straße gestürzt. Dem Felsen folgte eine Menge Geröll und eine alles einhüllende Staubwolke. Eine Weiterfahrt ist nicht einmal mit unseren Motorrädern möglich. Wir sehen die Situation positiv, besser die Steine vor uns als auf uns. Am Straßenrand, auf einem Fels sitzend, machen wir uns auf eine lange Wartezeit gefasst, möglicherweise müssen wir nochmal eine Nacht in Nako verbringen. Wir können nicht einschätzen. wie lange es dauern wird, bis Räumfahrzeuge und Bagger die Straße wieder passierbar machen. Gerade, als wir es uns gemütlich mache, taucht am Horizont bereits ein Bagger auf, wir staunen. Keine 500 Meter entfernt sind Räumfahrzeuge des Militärs einsatzbereit stationiert. Die Soldaten hatten den Erdrutsch mitbekommen und sich sofort in unsere Richtung in Marsch gesetzt. Erdrutsche sind in dem Tal offenbar keine Seltenheit, das Militär ist gewappnet. Innerhalb von 30 Minuten sind die Felsen entfernt, wir können ungehindert weiterreisen.

Später erfahren wir, dass Felsstürze auf der Strecke die Regel sind und die Strecke oft über Tage hinweg gesperrt bleibt. Bei schweren Erdrutschen bzw. großen Felsen wird die Strecke kurzerhand mit Dynamit wieder freigesprengt. Während das Spiti Valley im oberen Bereich weit und von Feldern durchzogen ist, geht unsere Fahrt im unteren Bereich bis zu seiner Mündung in den Sutlej River durch enge, hohe Schluchten weiter. Oft bietet die Enge des Tals nicht genug Platz für Fluss und Straße. Die Straße ist an solchen Stellen direkt in den senkrecht aufragenden Fels gehauen. Diese Durchfahrten bieten ein ungewöhnliches Fahrgefühl. Links Fels, oben Fels, rechts reißender Fluss, am anderen Flussufer wieder eine senkrechte Felswand, 1.000 Meter hinauf in den Himmel.

Wir gelangen an eine Straßensperre, an der unser ILP „Permit" kontrolliert wird. Endlich, ich hatte schon gedacht, die Mühen für das Permit unnötig auf mich genommen zu haben. Diese Sperren bieten eine nette Abwechslung und wir können beobachten, wie der Alltag der stationierten Soldaten abläuft. Die Soldaten verbringen einen Teil ihres Lebens in einer kleinen Hütte, um die Reisebewegungen in dem Grenzgebiet genau zu dokumentieren.

Wir haben eine Tagesetappe von nur 125 km geplant, dennoch müssen wir uns nun beeilen, um noch vor Einbruch der Dunkelheit die Ortschaft Sangla zu erreichen. Nach einem langen Tag in der dunklen, felsigen Schlucht erreichen wir dessen Ausfahrt. Der reißende Fluss verwandelt sich an dieser Stelle in einen schmalen, ruhigen See. Wir haben einen gewaltigen Staudamm erreicht, an dem auch die Abzweigung nach Sangla ist. Wir nützen die Abwechslung für eine Rast und machen es uns gemütlich.

Gerade, als wir ungenießbaren Dosen-Kaffee in eine Mülltonne kippen, treffen zu unserem Erstaunen zwei Israelis auf Royal Enfield Motorrädern ein. Wir staunen nicht schlecht. Touristen auf Motorrädern sind in Ladakh keine Besonderheit, viele Organisationen bieten geführte Touren in der Gegend an. Entlang des gesamten Spiti Valley haben wir jedoch bislang keine Touristen auf Motorrädern getroffen. Erschöpft hieven sie sich von ihren Motorrädern und beginnen unverzüglich an ihren Vergasern zu werken. Wir bieten selbstverständlich unsere Hilfe an. Die Beiden sind ohne Werkzeug unterwegs und haben erkannt, dass die Vergaser an die Höhe angepasst werden müssen. Wir leihen ihnen Werkzeug, bezweifeln jedoch, dass sie ohne Werkzeug weit kommen werden. Noch während der Reparatur beschreiben sie lebhaft den Höllenritt, den sie gerade hinter sich gebracht hatten. Die Sprache ist von schlechten Straßen, steilen Hänge und vor allem beschreiben sie die vielen Stürze, die sie während der Fahrt hatten. Ihre Schilderungen beunruhigen uns. Wir hatten schon einiges erlebt und wollten die Tour daher etwas ruhiger ausklingen lassen. Konnte es sein, dass die letzten 200 km hinaus aus den Bergen nochmal richtig anspruchsvoll werden? Die beiden Abenteurer reisen ohne Helm. Der Helm würde sie beim Fahren stören, so ihre Erklärung...

Martina: *Ich kann das nachvollziehen, wenn der Helm drückt oder die Ohren taub macht, dann lenkt das ab. Aber ich war einige Male schon sehr froh über den Helm auf dem Kopf, vor allem beim Aufschlagen. Bald werden sie erkennen, wie praktisch Helme bei Temperaturen um den Gefrierpunkt sind. Wir brechen gemeinsam auf, aber nach einer Weile verlieren wir sie, da wir doch etwas schneller unterwegs sind. Schade, hätte gerne in der gleichen Unterkunft mit ihnen übernachtet und einen netten Abend gemeinsam verbracht.*

Rechtzeitig vor Sonnenuntergang kommen wir in Little Switzerland an, stehen auf dem Hauptplatz und blicken uns wortlos an. Die Berge sehen aus wie in den Alpen, aber der Rest? So soll Switzerland aussehen? Nein, auf keinen Fall. Wir sind nach Wochen wieder in einer kleinen indischen Stadt angekommen und absolut nichts erinnert an die Schweiz. Halbfertige Betonhäuser, einige baufällige Kolonialbauten, Kühe auf den Straßen, alles typisch für Indien. Der Unterschied zwischen den einsamen Orten in den Bergen und der „Zivilisation" hier stimmt uns nachdenklich. Keine Mülleimer werden mehr verwendet, der Müll wird auf die Straße geworfen. Weit und breit kein Restaurant, in dem wir essen möchten. Die Wände der Restaurants sind bis zur Decke hin schwarz vor Schmutz. Fliegen bedecken das Essen. Wir ernähren uns von Chips und Cola. Die Unterkunft, die wir nach langer Suche finden, hat keine Heizung, kein Warmwasser und ist nicht sauber. Wir sind enttäuscht von Little Switzerland, wollen so rasch als möglich wieder verschwinden und brechen gleich nach dem Frühstück zur letzten Etappe im Himalaya auf.

Martina: *Lange nach der Abreise frage ich dann den Mario: „Hab ich das Hotel jetzt bezahlt oder du?". Nach Wochen in Unterkünften ist die Erinnerung an so alltägliche Routineabläufe nicht klar. Wir sind unsicher, könnten aber tatsächlich die Zeche geprellt haben. Ich schreibe eine E-Mail und frage ganz vorsichtig formuliert nach - ich will ja niemanden auf die Idee bringen, eventuell zweimal zu kassieren für das furchtbare Zimmer. Später ist das schlechte*

Gewissen wie weggewischt: Leiden sollen sie so wie Mario, der rundherum voller Bettwanzenbisse ist - wir sind sicher, die stammen von dort.

Etwa 200 km trennen uns noch von unserem Etappenziel, der Stadt Shimla am Rande des Himalayas. Es ist nicht sicher, dass wir die Etappe an einem Tag schaffen können. In den letzten Wochen schafften wir nur rund 120 km pro Tag. Zusätzlich haben uns die Israelis die schlechte Strecke, Umleitungen und abgerutschte Hänge geschildert. Vorerst merken wir davon noch nichts, alles verläuft wie gewohnt. Nach einigen Kilometern taucht dann doch die erwartete Umleitung auf. Loses Geröll führt den Berg hinauf und die Strecke verläuft auf einer einspurigen Piste entlang der Hänge weiter. Martina nennt das Geröll sogar Straße. Sofort erkennen wir die Wegbeschreibung der Israelis wieder, nur empfinden wir die Strecke nicht als schwierig, wir empfinden das Teilstück als grandios!

Die Umleitung führt weit oben auf den steilen Hängen durch kleine Ortschaften, die noch nie von Touristen besucht wurden. Ab und zu Kühe auf den Straßen, steile Felder in den Hängen, freundliche Leute. Geniale Aussicht. Die Schulkinder freuen sich über unseren Besuch und winken schon von weitem; uns gefällt der Umweg. Nach den Strapazen auf dem Weg in das Spiti Valley, gleicht die heutige Strecke einer Spazierfahrt. Neben uns geht es fast senkrecht einige hundert Meter hinab ins Tal, unten der Sutlej River. Wir trauen unseren Augen nicht. als vor uns ein Schulbus auftaucht, der auf der Piste zurücksetzt. Wir machen Platz und stellen uns in eine Nische. Wendemöglichkeiten gibt es für den Bus auf der gesamten Strecke nicht. Gespannt warten wir zu entdecken, warum der

Bus die gefährliche Strecke rückwärtsfährt. Ein Fahrfehler würde das Aus für die Kinder darin bedeuten. Als der Bus vorbei ist, sehen wir dahinter einen kompletten Militär-LKW-Konvoi auf dem Weg in die Berge. Der Schulbus muss dem Konvoi den Weg freigeben und die gesamte Strecke zurücksetzen. Der gesamte Schwerverkehr ist auf der kleinen Umfahrung unterwegs. Ampelregelung oder Ausweichmöglichkeiten gibt es nicht. Wir bewundern die Geduld der Leute. Die Umleitung ist für uns einer der schönsten Streckenabschnitte, für die Israelis war es die Hölle, so unterschiedlich können die Erlebnisse empfunden werden. Wenn die Israelis diesen Abschnitt als Höllenritt empfunden hatten, wie wird es ihnen wohl jetzt in den Bergen ergehen? Wir halten die Daumen.

Mit jedem Meter, den wir fahren, werden die Berge im Rückspiegel kleiner, die Landschaft vor uns wird immer grüner und der Verkehr immer dichter. Wir folgen steilen, grünen Hängen hinaus aus dem Tal. Die tiefgrünen Hänge ragen fast senkrecht bis hinauf auf 3.000 m üNN. Tief unten schneidet sich der Fluss in die Landschaft, die steilen Hänge bieten keinen Platz für Straßen und so wurden die Straßen mitten in den Hang geschlagen. Irgendwie sind wir erleichtert, den ersten Teil der Himalaya-Durchquerung hinter uns zu haben. Ich fühle mich erschöpft, offenbar werde ich schon zu alt für solche Reisen. Martina schwärmt den ganzen Tag, wie schön es hier ist. Die kargen Berge hatten wir endgültig hinter uns gelassen und auf einmal ist, soweit das Auge reicht, alles grün. Meine Begeisterung hält sich in Grenzen. Es sind zu viele Leute unterwegs, es herrscht zu viel Verkehr auf den Straßen. Wo sind die Ruhe und die Einsamkeit der Berge geblieben? Einen Vorteil hat die Zivilisation, wir bekommen endlich Ersatz für die verlorenen und gebrochenen Motorradteile. Gut gelaunt, mit neuem Scheinwerfer, Ständer und Spiegeln geht es weiter.

Shimla

Wer lebt, sieht viel.
Wer reist, sieht mehr. – Arabisches Sprichwort

Der erste Abschnitt unserer Reise durch den Himalaya nähert sich dem Ende. Über einen Monat sind wir schon unterwegs. Aufgrund der schlechten Straßen haben wir in der Zeit gerade mal 4.000 Kilometer zurückgelegt. Gegen Abend erreichen wir die Hauptstadt von Himachal Pradesh, Shimla. Die Straßen winden sich die Hügel hinauf. Schlechtes Licht, mörderischer Verkehr und noch dazu aufkommender dichter Nebel fordern unsere volle Konzentration. Shimla - das ist Chaos pur, so unser erster Eindruck. Wir sind zurückgekehrt ins „richtige", Indien, speziell zurück im indischen Verkehr. Soweit man blickt: Autos und Stau. Obwohl es dunkel und neblig ist, macht niemand beim Fahren das Licht an. Die Leute fahren blind, jedoch mit Warnblinkanlage. Eine frühere Erkenntnis kommt uns wieder ins Bewusstsein: ohne hupen geht es nicht. Wenn man nicht hupt, hüpft ständig jemand vor das Fahrzeug oder nimmt dir die Vorfahrt (Hier gibt es keine Vorfahrt, es gibt nur Fahrt, ohne „Vor").

Wir finden nach Einsetzen der Dämmerung ein Hotel, mit einem der Tageszeit entsprechenden hohen Preis. Ein gutes Hotel zeichnet sich hier offenbar durch eine quantitativ umfangreiche Ausstattung aus. Das bedeutet, jedes Zimmer hat u.a. ein Bild, auch wenn es in Fetzen hängt und die Wand ohne ein solches Bild schöner wäre, aber das Zimmer hat ein Bild. Einheimische denken offenbar, ein Bild sei in jedem Fall besser als kein Bild. Wir aber denken, kein Bild ist besser als Müll an der Wand. Eine Tagesdecke auf dem Bett gehört in Indien zu einem gepflegten Arrangement. Wir sind der Meinung, wenn sie nicht sauber ist, dann ist es besser ohne. Einen Lichtschalter, der nicht funktioniert, brauchen wir auch nicht. Ein Inder denkt, ein Lichtschalter ist besser als keiner, auch wenn er nicht angeschlossen ist. Wir stoßen laufend auf diese kleinen amüsanten Kulturunterschiede, die auf Dauer sehr anstrengend sein können. Nervig auch, wenn man zum 100. Mal hört, dass warmes Wasser selbstverständlich vorhanden ist und sich dann herausstellt, Warmwasser gibt es nur, wenn jemand vorher Holz holt, ein Feuer macht und Wasser an dem Tag überhaupt verfügbar ist usw...

Unsere Unterkunft in Shimla ist definitiv indisch ausgestattet. Ein Hotel gehobener Klasse wie unseres hat Fliegengitter an den Fenstern, nur bei uns sind sie innen an den Fenstern angebracht. Wie soll man die Fenster öffnen, wenn das Gitter innen angebracht ist? Die indische Lösung ist, man schneidet Löcher in die Fliegengitter, um die Hebel der Fenster erreichen zu können. Die Gitter haben angeblich auch die Funktion, freche Affen daran zu hindern, etwas aus dem Zimmer zu stehlen. Kaum legen wir unsere Rucksäcke auf die Fensterbank, schon versuchen lange Affenarme, durch das Fliegengitter hindurch, etwas Essbares zu greifen.

Vor ca. 1.500 Jahren wurde in Indien die Ziffer „0" erfunden. Rasch übernahmen alle Kulturen diese Verbesserung des Zahlensystems. Zur gleichen Zeit wurde in Europa eine Erfindung gemacht, die auch von allen Kulturen übernommen wurde: Der Siphon; dieser wurde von allen Kulturen, außer von den Architekten hier in Shimla übernommen. In vielen Unterkünften müssen wir die Abflüsse zustopfen, um nicht an den Ausdünstungen aus der Kanalisation zu ersticken, außerdem haben wir Angst vor Tieren, die aus den Abwässern kommen könnten.

Seit 1864, als die Engländer wegen des kühlen Klimas in die Berge kamen und Shimla zur Sommerhauptstadt erklärten, wurde hier nichts mehr renoviert. Aus dieser Zeit stammen die noch ursprünglich schönen, nicht restaurierten, alten Gebäude. Vielerorts wird man durch Kirchen und große Verwaltungsgebäude an die vergangene Größe und Schönheit von Shimla erinnert.

Gegen Abend entdecke ich einige juckende Insektenstiche, nichts Außergewöhnliches, denn jetzt sind wir ja wieder im Moskitogebiet. Moskitostiche sind in der Regel nach einem Tag wieder verschwunden, nicht jedoch die Stiche, die ich habe. Meine Stiche jucken höllisch und werden immer mehr und sind auch an Stellen, wo Moskitos definitiv nicht hinkommen. Die Stiche jucken so stark, am liebsten würde ich mir die Haut abkratzen. Wir laufen von Apotheke zu Apotheke, kaufen verschiedenste Variationen von Salben, nichts hilft. Absolut nichts.

Martina: *Ich liebe Shimla. Es gibt viele Touristen hier. Es ist wärmer und feuchter als im Norden, aber nicht heiß. Das Stadtzentrum ist touristisch jedoch schön und bietet eine sehr viel bessere Auswahl an Esslokalen als Little Switzerland. Wenn man in die kleinen Seitenstraßen einbiegt, hat man Marktfeeling. Kleine Straßenküchen. Lokale, in die Kühe ihre Köpfe stecken. Affen überall.*

Wir sehen einer Gruppe Soldaten beim Exerzieren zu. Es sind recht viele Frauen dabei, die so aussehen, als hätten sie noch nicht so viel Übung im Exerzieren. Sie sind auch nicht mehr alle jung (oder dünn und fit). Ich frage mich, wie das wohl ist? Ist das Militär in Indien eine Berufsmöglichkeit für Frauen jeden Alters?

Wir streichen stundenlang durch die Straßen. Auf den Steilhängen kleben die bunten Häuser, es sieht aus, als wären sie übereinandergestapelt. Es gibt einen tollen Shop für indische Süßigkeiten. Ich liebe das Zeug. Beschreiben würde ich es als Cashew-Nuss-Fudge, Kokosnuss-Mandel-Mmmhh-Brösel-Bälle, wahrscheinlich mit Honig und Kondensmilch-Pistazien-auf-der-Zunge-Zergeh-Zucker-Fluff. Leider ist es extrem teuer, für nur ganz wenige Stücke bezahlt man schon mal den gleichen Preis wie für ein Essen.

Das absolut Coolste an Shimla ist allerdings, dass es auf nur 2.100 Meter Höhe liegt. Wir sind jetzt an viel größere Höhen gewohnt und ich fliege nur so die steilen Straßen hinauf. Es macht auf einmal Spaß, bergauf zu laufen. Wie jeder weiß, macht Laufen grundsätzlich niemals Spaß. Aber hier doch - der zusätzliche Sauerstoff macht es so einfach. So muss es sein, wenn man Spitzensportler ist. Das ist genial!

Auf nach Nepal

Wenn du denkst, Abenteuer seien gefährlich, versuche es mit Routine. Diese ist tödlich. – Paulo Coelho

Wir sind wieder am Rande des Himalayas, zu Ende ist die Reise aber noch lange nicht. Es braucht keine komplizierten Überlegungen, wohin die Reise weitergehen soll. Am besten gefällt es uns in den Bergen, und der Himalaya ist viel größer als die bis jetzt erkundeten 3.000 km. Wir beschließen, dem Himalaya weiter zu folgen, nicht jedoch in Indien, wir wollen Nepal entdecken. Auf dem Weg von Shimla nach Nepal liegt ein für die Hindus wichtiger Pilgerort am Ganges - Haridwar. Kurzerhand legen wir also Haridwar als neues Etappenziel fest. Eine kurvenreiche, wunderbare Motorradstrecke führt uns Richtung Süden weiter hinaus aus den Bergen.

Martina: *Die Strecke schlängelt sich einmal für Stunden in kurzen, schön geschwungenen Kurven durch den Wald. Eine lange Strecke ist frisch asphaltiert. Hier zu fahren ist wie Meditation. Links, rechts, links, rechts immer und immer wieder. Die Luft ist feucht, manchmal romantisch nebelig und riecht nach Wald, die Straße teils regennass. Es fühlt sich an wie Europa. Naja, fast. Natürlich tauchen hinter unübersehbaren Kurven Hangrutsche auf, die ⅔ der Straße bedecken, es gibt weggeschwemmte Straßenteile und hin und wieder wurden Sand und Erde auf die Straße gespült, oder vereinzelte große Steine liegen auf der Straße. Es soll ja auch nicht langweilig werden. Auch das Überholen ist nicht einfach. Aber die Inder sind genial. Merken sie, dass man hinter ihnen feststeckt, dann geben sie von selbst Zeichen, sobald Überholen möglich ist. Es kann allerdings dauern, bis es soweit ist, es gibt ganz wenige Stellen, wo es mal 100 Meter geradeaus geht.*

Die Fahrfreude wird leider immer wieder von Fahrzeugen getrübt, die uns auf unserem Fahrstreifen entgegenkommen, ach ja, wir waren zurück im wirklichen Indien. Entlang der Route sind die Bauern mit der Apfelernte beschäftigt. Tausende LKWs reihen sich an den Straßenrändern auf und werden mit Kisten voll mit Äpfeln beladen. Die vielen Äpfel machen uns Lust auf eine Kostprobe und wir sind fest entschlossen, schlicht und einfach lokale Äpfel zu Mittag zu essen. Just in dem Moment huscht ein lange nicht gesehener Schriftzug an uns vorbei. Die unscheinbare Aufschrift „Pizza" auf einem kleinen Restaurant im ersten Stock eines Wohnhauses erscheint so unwirklich, so fehl am Platz, dass wir schlichtweg daran vorbeifahren. Das Unterbewusstsein meines auf Nahrungssuche programmierten Gehirns verarbeitete das im Vorbeifahren erhaschte Bild jedoch noch weiter. Immer und immer wieder prüft das Gehirn das Bild unterbewusst auf korrekten Inhalt. Abschließend führt das Gehirn noch zusätzlich einen Check auf Traum oder Wirklichkeit durch, bevor es dem Bewusstsein die klare, unmissverständliche Botschaft weitergibt: „PIZZA". Als mir bewusst wird: „PIZZA", sind wir schon einige hundert Meter an dem Gebäude vorbei. Sofort kehre ich um! Die traurige und enttäuschende Geschichte eines kleinen, halb gebackenen Teigfladens mit undefinierbarer Auflage, serviert nach 30 Minuten Wartezeit, möchte ich nicht weiter ausführen. Zu tief sind die Wunden, die von dieser Enttäuschung gerissen wurden.

Auf noch etwas müssen wir uns im Süden der Berge einstellen: den Monsun. Als wir losfuhren, war von Monsun noch keine Spur zu sehen. Jetzt im Juni werden wir täglich von dem Wetterphänomen bzw. dem sintflutartigen Regen heimgesucht. Man fährt nichts ahnend die Straße entlang, genießt das Leben und wird von einem Moment auf den anderen von den Wassermassen überrascht. An Brücken beobachten wir, wie die unbändigen Fluten alles mitreißen: Bäume, Tische, Müll, alles wird weggespült. Obwohl wir nach dem ersten Regenguss schon wussten, dass wir ständig mit starkem Regen rechnen müssen, werden wir jeden Tag aufs Neue vom Regen überrascht. Durchnässt bis auf die Haut suchen wir jeden Tag fassungslos Unterschlupf in einem Restaurant oder an einer Bushaltestelle.

Habe ich schon erwähnt, dass wenige Autos eine gesamte Stadt lahmlegen können (und definitiv werden)? Wir entdecken eine Verkehrssituation, welche das Potential hat, das gesamte Land lahmzulegen. Vor uns taucht das unscheinbare Ende eines Staus auf. Nichts Besonderes, eine alltägliche Situation. Kein großes Problem für Motorradfahrer, schon gar nicht für erfahrene Adventure-Biker der Premiumklasse. Man schlängelt sich einfach am Straßenrand entlang oder zwischen den Autos durch. Das macht man normalerweise so lange, bis man den Anfang des Staus erreicht und am Hindernis vorbei ist.

Nicht in dieser Situation. Wir fahren den Stau entlang nach vorne, weiter und weiter, kilometerweit. Es ist kein Hindernis, kein Ende in Sicht. Über eine Stunde und geschätzt mehr als zehn Kilometer lang arbeiten wir uns vor, um als Ursache für den Stau einen offenen Bahnübergang auszumachen. Auf einmal wird uns alles klar. Kommt ein Zug, wird der Schlagbaum heruntergelassen, genau wie bei uns auch. Auf einer zweispurigen Straße bauen sich hier jedoch die wartenden Verkehrsteilnehmer in zehn Spuren nebeneinander auf. Jeder will in der Pole-Position stehen, wenn der Schlagbaum wieder in die Höhe geht. Sobald der Zug vorbei ist und sich die Schranke wieder öffnet, rasen alle gleichzeitig in doppelter Schrittgeschwindigkeit, in voller Breite aufeinander zu und blockieren sich gegenseitig. Nichts geht mehr, alle stecken fest. Shanti – Shanti.

Haridwar

*Eine Reise ist ein Trunk aus der Quelle
des Lebens.* - Friedrich Hebbel

Angekommen in Haridwar, einer der heiligsten Städte der Hindus, werden wir angenehm überrascht. Alles ist friedlich und langsam, es herrscht keine Hektik. Das erste Mal auf dieser Reise bekommen wir den heiligen Fluss Ganges zu sehen.

Nur 250 km von seinem Ursprung entfernt liegt der Fluss als reißender, trüber Schmelzwasser-Strom vor uns. Millionen Pilger kommen jedes Jahr nach Haridwar, um am Ganges zu beten und zu baden. Es sind permanent so viele Pilger in der Stadt, dass die Gegend um Har ki Pauri, dem berühmten Ghat (Zugang zum Ganges), eine riesige Fußgängerzone bildet (Fußgängerzonen sind in Indien etwas wirklich Besonderes und sogar seltener als saubere Betten!).

Ein Ghat ist wie eine Waschküche bei uns. Die Leute kommen an den Fluss, um sich selbst und auch die Wäsche zu waschen, zusätzlich wird gebetet. In eigens dafür vorgesehen Ghats, weiter unten im Fluss, werden Leichen verbrannt. Es gilt als die höchste Form der Bestattung, wenn die Asche nach der Verbrennung in den Fluss des Lebens gestreut wird.

Mahadeva, (der große Gott) Shiva, (erkennbar am dritten Auge und der Schlange um den Hals), die Hauptgottheit der Hindus, hat nicht nur an genau diesen Pauri (=Stufen) am Ganges in Haridwar gebadet, sondern hier auch einen Fußabdruck hinterlassen. Daher ist Haridwar und konkret dieser Ort eine heilige Pilgerstätte. Hinzu kommt, dass Garuda, der König aller Vögel, dessen Job es ist, die Gottheit Vishnu umher zu fliegen, etwas Amrita, das begehrte Lebenselixier, genau hier verschüttete. Das zusammen macht Haridwar zu einer der wichtigsten Pilgerstätten der Welt und führt dazu, dass in die kleine, nur ca. 200.000 Einwohner fassende Stadt, alle 12 Jahre 40.000.000 (!) Gläubige zum Kumbh Mela Fest kommen. Eine Mela ist grundsätzlich nur ein Fest, aber die Kumbh Mela ist DAS größte religiöse Fest der Welt! Das Ausmaß eines solchen Festes ist für uns Europäer schwer vorstellbar. Im Jahr 1954 kamen dabei über 1000 Pilger ums Leben, 2013 wurden in Haridwar „nur" 42 Menschen zu Tode getrampelt. Das sind jedoch nur die unmittelbaren Todesfälle. Auf Wikipedia ist eine alte Liste der Todesfälle durch Cholera bei diesem Fest veröffentlicht. Die Aufzeichnungen dieser Veröffentlichung enden im Jahr 1945 bei 799,894 Cholera-Toten. Als wir ankommen, sind zum Glück keine Festlichkeiten, dennoch müssen wir mit den Motorrädern gegen den Strom eines zwei Kilometer langen Menschenflusses fahren, um in die Stadt zu kommen.

Eine Unterkunft zu finden, ist kein Problem, die Stadt lebt von den tausenden Besuchern, eine saubere, günstige zu finden, schon eher. Wir ziehen uns rasch um und machen uns gleich auf in Richtung Ganges. Wir werden selbst Teil des Menschenstromes und sind darauf gespannt, was uns an den Ghats erwartet. Die eine Hälfte der Geschäfte verkauft Plastikcontainer, die andere Puffreis, so unser erster Eindruck. Jeder Besucher trägt in den gekauften Plastikcontainern so viel Ganges-Wasser mit nach Hause wie nur möglich. Der Puffreis dient als Opfergabe an den heiligen Fluss.

Gegen Abend nehmen wir am Ganges Platz, um dem Treiben etwas zuzusehen. Wir setzen uns in die Nähe des Har ki Puri (wo der Fußabdruck ist) mitten unter tausende Pilger. Plötzlich, es beginnt gerade zu Dämmern, befinden wir uns mitten in einem Aarti, einem richtigen Aarti (konkret findet ein आरती statt). Aarti ist das hinduistische Huldigen, bei dem das Licht angezündeter Butterkerzen, die in Kaskaden auf einem Kronleuchter platziert sind, den Göttern angeboten wird. Laute Musik hebt die Stimmung, alle beten im Einklang. Inzwischen ist es dunkel, zusätzliche Kerzen werden angezündet und Opfergaben dem Ganges übergeben. Die Gläubigen singen hingebungsvoll. Obwohl uns niemand das Gefühl gibt, nicht dazu zu gehören, fühlen wir uns deplatziert wie in einer fremden Welt.

Als der Zeremonienmeister den Kronleuchter mit Butterkerzen in den Himmel streckt, um das Licht den Göttern zu opfern, verneigen sich tausende Menschen entlang des Ganges gleichzeitig. Wir beobachten fasziniert diese Zeremonie, auch wenn wir die Hintergründe nicht verstehen. Es werden noch mehr Kerzen entzündet, noch lauter gesungen, die „Mother Ganga"- der Ganges, bekommt immer mehr Puffreis, Blumen und schwimmende Kerzen (die nach einem Meter im Wasser versinken) geopfert. Wir verstehen keinen Teil der Zeremonie, zu fremd ist der Glaube, zu fremd die Kultur. Dennoch sind wir beeindruckt von dem Spektakel, welches seit Jahr und Tag hier stattfindet.

Weiter unten im Fluss waten Bettler im Schlamm, suchen nach geopferten Geldmünzen, fangen treibende Opfergaben ab, um diese weiter oben wieder zu verkaufen. Die Bettler scheinen hier fester Bestandteil und immer gegenwärtig zu sein, mehr noch als in anderen Städten. Ohne Beine, ohne Hände, ohne Rollstuhl auf dem Boden kriechend, betteln sie an jeder Ecke um Almosen. Auch das ist hier ein alltäglicher Anblick, der zum Gesamtbild gehört. Ganz normal, das ist eben so, war immer so und wird wohl immer so bleiben.

Mein noch immer juckender Ausschlag wird zur richtigen Plage. Daher ist die Freude groß, als wir auf dem Weg zurück in die Unterkunft eine Apotheke entdecken. Eine Apotheke mit eingebautem Arzt! Eingebaut, weil dieser in einer kleinen Telefonzelle, hinten in der Apotheke, auf einem Podest praktiziert. Wer umgerechnet € 1,20 lockermacht, wird vor den Augen der anderen Kunden an Ort und Stelle behandelt. Großartig! Das ist auch für die Kunden hochinteressant wie Reality-TV, nur viel realer. Unverzüglich nehme ich in der Telefonzelle des Arztes Platz und lasse den Ausschlag untersuchen. Die Diagnose folgt prompt: "Uuhh, you have bad skin condition". Was? "Bad skin condition"? Eine Irritation der Haut können wir auch ohne medizinische Ausbildung erkennen. Was habe ich jetzt konkret? "Bad skin condition!", ist die kurze, noch immer nichtssagende Antwort, gefolgt von der strikten Anweisung auf keinen Fall im Ganges zu baden. Naja, das hatten wir sowieso nicht vor. Der Arzt verordnet pflegende Seife und eine neue Variante einer wirkungslosen Creme.

Einen Tag später tauchen dieselben Symptome bei Martina auf. Wir haben eine neue Mission, die Behandlung der juckenden Dinger wird ganz oben auf die Liste gesetzt. Martina vergleicht es mit Beulenpest. Wir sind mit kleinen großen, nässenden, schrecklich juckenden Pusteln bedeckt und haben keine Ahnung, wie diese zu behandeln sind. Aber dass wir das jetzt beide haben, bringt uns auf die Lösung: es sind Bettwanzenbisse. Absolut typisch in kleinen Wanzenstraßen auf unserer Haut. Was für ein niedlicher Name für eine schreckliche Sache. Anders als Moskitostiche tauchen Bettwanzenbisse erst nach einigen Tagen auf, dann, wenn man schon in der nächsten Unterkunft eingezogen ist. Wir vermuten die Heimat unserer Wanzen in „Little Switzerland".

Wir selbst probieren verschiedenste Hautcremes, keine hilft. Was heißt „Bettwanze" nochmal auf Hindi? Obwohl wir den Ursprung der Bisse korrekt vermuteten, konnten wir uns einfach nicht richtig verständlich machen, um ein geeignetes Mittel zu bekommen. (Nachahmer sollten बिस्तर बग (khatamal bag) in der Apotheke erwähnen!) Die Pusteln sind nicht nur juckend, sondern auch sehr persistent. Es wird mich noch weitere zwei Wochen quälen.

In unserem Zimmer benötigen wir keinen Wecker. In der Nacht schrecke ich auf, weil ich, bildlich gesprochen, ein Motorrad direkt durch das Zimmer fahren höre. Meist wird man durch rücksichtslos lärmende Nachbarn geweckt, aber nicht so an diesem Tag. An diesem Tag werden wir unsanft durch unerträglichen Gestank aus unseren Betten und aus dem Zimmer getrieben. Die moderne Erfindung des Siphons ist auch hier noch nicht angekommen! So früh auf den Beinen nutzen wir die dadurch gewonnene Zeit für einen Besuch des Mansa Devi Temple. Der Tempel ist auf einem Hügel über der Stadt gelegen und bietet einen guten Blick hinunter auf den Ganges.

Auch bald am Morgen sind wir nicht die einzigen Pilger zum Tempel. Einige Familien sind bereits unterwegs und wir beobachten, wie Affenbanden die Besucher systematisch überfallen und dabei Essbares stehlen. Essbares in der Form von Opfer-Puffreis führt jeder Pilger bei sich, das wissen die Affen. Keiner traut sich, etwas gegen die aggressiven Affen zu unternehmen. Das ist nicht nur, weil die Affen extrem angriffslustig sind, sondern auch weil sie verwandt mit Hanuman, dem Gott in Affengestalt, sind und deshalb als heilig gelten. Am besten wäre, keine essbaren Opfergaben mitzubringen, aber das steht im Konflikt mit dem Glauben. Beliebt ist auch eine Gondelfahrt hinauf zum Tempel. Die Gondeln sehen aus wie Tuk-Tuk Taxis auf einer Wäscheleine. Als wir unter der Gondel-Trasse durchmarschieren, herrscht gerade Stromausfall. Die „Gefangenen" schaukeln im Wind und blicken beunruhigt in die Tiefe. Wir gehen auf jeden Fall zu Fuß zum Tempel.

Wir wollen mehr über den Tempel, die lokalen Bräuche und die Kultur erfahren. In Wikipedia steht zum Mansa Devi Temple Folgendes: "The temple is known for being the holy abode of Manasa, a form of Shakti and is said to have emerged from the mind of the lord Shiva. Mansa is regarded as the sister of the Nāga (serpent) Vasuki.". Die Erklärung sagt uns eigentlich nichts und stiftet nur zusätzliche Verwirrung. Egal wo wir mit der Kultur in Berührung kommen, ergeben sich mehr Fragen als Erkenntnisse. Wir vergleichen die Gottheiten oft mit der uns vertrauten Dreifaltigkeit. Man muss auch diese nicht verstehen, um von ihr verwirrt zu sein. Wir finden den Tempel interessant und möchten ihn unbedingt von innen sehen.

Am Eingang müssen wir wie üblich unsere Schuhe abgeben. Zur Ablage der Schuhe sind an beiden Seiten des Eingangs hunderte Fächer aufgestellt und es gibt natürlich eine Möglichkeit, die Füße zu waschen. Ich hoffe nur, dass nicht die Affen mit den wohlduftenden Leckerbissen, meinen Schuhen, verschwinden. Kaum angekommen in der Vorhalle scharen sich die Schaulustigen um uns. Gleich nach dem Betreten des Tempels sind wir die erste Attraktion. Viele zücken ihre Handy-Kameras und wollen die Attraktion ablichten, bilden sogar eine Warteschlange - Europäer im Tempel. Wie sonst nur bei Filmstars stehen die Leute Schlange, um Selfies mit uns im Tempel zu schießen. Einige möchten zumindest ihre Kinder mit den Besuchern abbilden. Andere sind scheu und fotografieren uns heimlich. Gerne posieren wir, es macht Spaß, ein Star zu sein. Als wir tiefer in den Tempel gehen, werden wir eins mit der Masse, einem Menschenstrom, der unaufhörlich zu einer Heiligenfigur im oberen Stock strömt. Vermutlich wollen alle zu „Manasa, a form of Shakti", wir sind gespannt was uns erwartet.

Langsam schiebt sich die Masse einige Stufen hinauf. Zum Glück sind wir einen Kopf größer als die restlichen Besucher und bekommen so etwas mehr Luft ab. Jemand nebenan fängt an zu singen und zu huldigen, jetzt ist der Spaß vorbei, es wird unangenehm. Irgendwie fühlen wir uns wie Außerirdische, vollkommen deplatziert, umgeben von Gläubigen und der Gesang bringt das Fass zum Überlaufen. Wir wollen eigentlich wieder heraus aus der Masse, aber es gibt kein Zurück mehr, der Gang wird immer enger.. Wir sind eingepfercht, es ist unerträglich heiß und wir werden durch den Tempel geschoben. Plötzlich geht alles ganz schnell. Jemand nimmt unsere Geldspende entgegen, ein anderer drückt uns einen roten Punkt auf die Stirn, ein weiterer spricht erleuchtende Worte. Innerhalb einer halben Sekunde wurde abkassiert, gesegnet (vermutlich auch heiliggesprochen) und „punktiert". Unser Treffen mit Manasa ist vorbei und wir werden weiter zum Ausgang geschoben.

Gegenseitig betrachten wir den roten Punkt auf unserer verschwitzten Stirn und grinsen. Wir beobachten das Vorgehen nochmal fasziniert bei den anderen Gläubigen, bei denen der Ablauf nur geringfügig anders ist. Puffreis mit Geld werden einem „Messdiener" gereichte, dieser schwenkt den Reis durch Weihrauch, der kommt gesegnet, aber ohne Geld wieder zurück zum Pilger. Zusätzlich bekommt der Pilger eine Blume in die rechte Hand, auf keinen Fall in die Linke. Nochmal eine kurze Stoß-Huldigung und eine Express-Preisung, fertig, nächster Pilger. Die ganze Segnung dauert nur wenige Sekunden. Wow, was für ein Erlebnis. Alles ging so rasch, dass wir uns an das Aussehen von Manasa im Nachhinein nicht mehr erinnern können. Zu viele Eindrücke wirkten in dem Moment auf uns ein. Als wir an einer weiteren Heiligenfigur vorbeikommen, wird Martina eine milchige Flüssigkeit in die Hand getropft und es wird von ihr erwartet, dass sie diese trinkt. Nach ihren bisherigen Erfahrungen mit der indischen Lebensmittelhygiene traut sie sich nicht, die „Milch" zu trinken und tut nur so. Welche Wirkung oder welchen Zweck dieses Elixier gehabt hätte, können wir nicht aufdecken. Bis zum Verlassen der Tempelanlage haben wir noch einige ähnliche Erlebnisse, die uns viel Gesprächsstoff für unser Abendessen liefern. In Erinnerung bleibt mir auf jeden Fall die heiße Menschenmasse, in der wir durch den Tempel „schwammen".

Unser Plan, nach Nepal weiterzureisen, steht noch. Wir sind nur noch zweihundert Kilometer, also zwei Tagesetappen, von der Grenze entfernt und freuen uns auf die Weiterreise. Wir sind gespannt auf die neuen Erfahrungen, die Nepal liefern wird. Auf der Brücke über den Ganges blicken wir ein letztes Mal hinunter zum heiligen Fluss und den Ghats, den Badestellen, und ziehen weiter.

Zur Grenze

Lebe, reise, erlebe Abenteuer, preise und bereue nichts. –
Jack Kerouac

Total motiviert, bereit für ein neues Abenteuer, fahren wir weiter Richtung Grenze. Wie wir schon erwähnten, gibt es grundsätzlich keine Fahrregeln. Jeder versucht so gut wie möglich voranzukommen. Alles ist erlaubt, das Gesetz des Stärkeren gilt, Frechheit hilft jedoch auch.

Als wir während der Fahrt beide gleichzeitig beschließen einen LKW zu überholen, kommt es zu einer Situation, welche in Europa eher selten vorkommt. Wir setzen gleichzeitig zum Überholvorgang an, nicht hintereinander, sondern nebeneinander. Ich links und Martina rechts vorbei, der LKW in der Mitte. Genau in diesem Moment taucht vor uns eine Mautstelle auf. Der LKW hält vorschriftsgemäß an der Haltelinie, auch ich schaffe es vor dem Mauthäuschen zu halten. Martina merkt von der Mautstelle gar nichts und fährt unbedarft auf der Gegenfahrbahn weiter, vorbei an der Mautstelle und verschwindet am Horizont. Wir hatten vorab keinen Treffpunkt ausgemacht und haben auch keinen Handyempfang. Irgendwo in Indien ist Martina jetzt alleine unterwegs und ich habe keine Ahnung, wie wir uns jemals wieder finden werden. Shanti - shanti, jetzt erst mal Tee trinken und warten. Es funktioniert. Als Martina mein augenfällig vor dem Restaurant geparktes Motorrad findet, hat ihr Tee schon Trinktemperatur. Wir sind wieder vereint.

Je näher wir der nepalesischen Grenze kommen, desto schlechter werden die Straßen. Ganz schlimm ist das letzte Teilstück, auf dem wir eine neue Fahrtechnik der Inder kennenlernen. Normalerweise verläuft der Verkehr hier relativ gemächlich, viele fahren in die korrekte Fahrtrichtung, meist herrscht Linksverkehr, einige fahren sogar nüchtern. Auf einmal verreißen alle Fahrer, ohne Voranzeige, die Fahrzeuge in verschiedene Richtungen, weg von der eigenen Fahrspur. Das machen nicht nur die Fahrer in unserer Spur, sondern auch die im Gegenverkehr. Die Fahrer versuchen bis zu 40 cm tiefen Schlaglöchern auszuweichen, die oft 3-4 Meter breit sind. Wir können nicht durch die Fahrzeuge hindurchblicken, daher sind die Fahrbahnwechsel für uns absolut unvorhersehbar. Leider ist es den Fahrern nicht möglich, das Tempo zu reduzieren, das ist genetisch ausgeschlossen. Gibt es die Option, das Fahrzeug in den Gegenverkehr zu steuern, wird dieses Manöver dem Bremsen vorgezogen. Selbst, wenn der Fahrer gerade überholt wird, würde er nie auf die Idee kommen, wegen eines Schlaglochs zu bremsen, er würde lieber den Überholenden von der Straße drängen. Rücksichtsloses Abdrängen scheint überall selbstverständlich. (Anm.: Es wäre vermutlich leichter, die wenigen, nicht gefährlichen Fahrsituationen der Reise aufzuzählen.) Martina wird von einem LKW, der einem Schlagloch ausweicht, (wiederholt) von der Straße abgedrängt. Nur knapp entgeht sie einem Sturz. Zum Glück war gerade kein Baum, kein Kanal oder ein sonstiges Hindernis im Weg. Ständig von der Straße gedrängt zu werden, empfinden wir anfänglich als extrem gefährlich, ist es auch. Wenn einem das jedoch den ganzen Tag lang passiert, gewöhnt man sich irgendwie daran. Man fährt vorausschauender, passt den Fahrstil an und rechnet bei bestimmten Fahrsituationen schon damit auszuweichen. Auf diesem Teilstück fühlten wir uns wie in dem 80er-Jahre Videospiel „Asteroid", in dem man ständig - Links-Rechts-Links-Rechts - Hindernissen ausweichen muss, um kein „Leben" zu verlieren. Im Unterschied zum Spiel haben wir hier allerdings jeder nur ein Leben.

Wie erwartet, schaffen wir die 200 km bis zur Grenze nicht an einem Tag (aber wir leben noch!). Wir finden unsere letzte indische Unterkunft in einer einfachen Ortschaft ohne asphaltierte Straßen, dafür mit offenem Kanalsystem (deutlich riechbar bei Temperaturen um die 40°C!). Durch den aufgewirbelten Staub kann man nur einige hundert Meter sehen. Vor der Stadt sind Berge von Müll ange-häuft. Die Hauptverkehrsstraße führt mitten durch dieses „Gebirge".

Nach wenigen Stunden Schlaf an diesem unfreundlichen Ort ziehen wir schnellstmöglich weiter. Wir versuchen, die wenigen Kilometer bis zur Grenze so rasch als möglich zurückzulegen und können es kaum erwarten, wieder kühle, saubere Luft in den Bergen zu atmen. Die Straße wird immer enger, bald sind wir nur noch von Fußgängern umgeben, wir müssen vom „Highway" nach Nepal abge-kommen zu sein. Wir sind mitten auf einem Marktplatz gelandet und haben uns offenbar verfahren. Es herrscht so dichtes Treiben, wir können nicht einmal mehr die Straße vor unseren Motorrädern erkennen. Freundlich helfen die Einheimischen Martina, den richtigen Weg zu finden. Auf einmal ist sie verschwunden. Wir haben uns im Getümmel verloren. Ich wende wieder die bewährte Methode an und parke an einem gut sichtbaren Restaurant, an einer Stelle, an der sie zwangsläufig irgendwann bei der Fahrt nach

Nepal vorbeikommen muss. Ich bestelle wieder Tee für uns beide und warte. Shanti - shanti. Ihr Tee hat eine gute Trinktemperatur, als wir wieder zusammenfinden.

Endlich erreichen wir die Grenze, nur der Grenzübergang ist nicht zu finden. Wüsste ich nicht von einer früheren Reise, dass hier in Banbasa mit Gewissheit ein Grenzübergang ist, wären wir mit Sicherheit umgekehrt. Die Straße führt anfänglich durch einen Wald, die Wege werden schmaler und enden schließlich in einem Pfad. Der Pfad führt weiter über einen Damm, über eine Brücke - und wir stehen vor einem verschlossenen Tor. Wir haben die Grenze erreicht und diese ist geschlossen.

Für Fahrzeuge wird der Übergang nur zu bestimmten Zeiten geöffnet. Im Moment steht nur eine Türe im Grenzzaun für Fußgänger offen. Kein Problem für unsere Motorräder denke ich, gebe Gas und bleibe im Grenzzaun stecken. Die Türe ist um zwei Zentimeter schmaler, als unsere Motorräder breit sind. Ich gebe noch mehr Gas, der Gepäckträger gibt nach und ich komme durch. Wir sind in Nepal, zumindest physisch. Warenverkehr gibt es offenbar nicht, nur Fußgänger quer über die Grenze. Nepalesen und Inder benötigen für die Reise keinen Pass. Ganz natürlich spazieren die Leute zwischen den Grenzen hin und her. Aus diesem Grund war der Grenzübergang auch nicht als solcher für uns erkennbar. Die Zöllner beobachten den Verkehr zwar, haben aber nichts zu tun, zumindest, bis wir auftauchen.

In einem kleinen, vergitterten Grenzhäuschen werden wir freundlich empfangen. Irgendwelche beliebigen Fahrzeugnummern werden eingetragen, und wir werden nur

149

mit unseren Vornamen Martina und Mario registriert. Die Einreise wird nicht so genau genommen, wie gesagt, spazieren alle anderen ohne Formalitäten am Häuschen vorbei. Es geht bei uns in erster Linie ums Zahlen der Steuern, doch mit diesen nehmen wir es wiederum nicht so genau. Wir zahlen für unsere Motorräder nur für zwei Wochen die Steuern, obwohl wir definitiv länger bleiben werden. Wir sind die einzigen, die überhaupt aufgefordert sind, „Steuern" zu zahlen. Und die sind auch richtig teuer. Aus dieser Sichtweise heraus ist eine Woche Fahrzeugsteuern mehr als genug.

Gerade, als wir weiterfahren möchten, werden wir freundlich darauf aufmerksam gemacht, dass wir noch kein Visum besitzen. Auch das Visum ist reine (Geld-)Formsache. Wir dachten, schon alles erledigt zu haben, als wir an noch einem kleinen Häuschen vorbeikommen und angehalten werden. Die Polizei kontrolliert noch unsere Papiere. Die Papiere passen, wir können endgültig weiterfahren. Nichts hält uns mehr auf. Wir sind erleichtert und gut gelaunt. Ein neuer Abschnitt, ein neues Abenteuer liegt vor uns.

Endlich Nepal

Nur wer umherschweift, findet neue Wege. –
Norwegisches Sprichwort

Angekommen in Nepal herrschen auf einmal Ruhe und Frieden. Keine Fahrzeuge sind auf der Straße unterwegs und auch keine Menschenmassen. Alles ist grün, viele Bäume und weite Felder zieren die Landschaft. Frauen fischen mit großen Netzen in Teichen nach kleinen Fischen. Die Bauern sind mit einfachen Ochsenkarren auf den Feldern und Straßen unterwegs.

Nepal gefällt uns auf Anhieb. Weit wollen wir heute nicht mehr fahren und beschließen, die erste Nacht gleich in der ersten Stadt nach der Grenze, in Attariya, zu verbringen. Das war keine gute Idee. Die Stadt ist absolut nicht auf Gäste ausgerichtet. Wir finden zwar eine Unterkunft, können auch Geld vom Bankomat abheben, aber die Unterkunft ist schrecklich. Der kleine Raum hat kein Fenster, keine Frischluft, kein Licht, ist heiß und stickig. Dennoch haben wir ein eigenes Bad! Die zwei Quadratmeter große Toiletten-Dusch-Kombination ist aber ebenfalls ohne Fenster und ohne Licht. Ob das Bad sauber ist, können wir nicht sagen. Wir vermeiden jede Berührung mit der Badeinrichtung. Außerdem befürchten wir, wieder Opfer von Bettwanzen zu werden, aber wir haben keine Wahl. Gerne hätten wir uns ein schöneres Zimmer geleistet, nur es gibt hier keines. Keine Touristen, keine Attraktionen, keine Promenaden zum Flanieren, nichts. Entlang der Straßen wird nur das fürs Leben absolut Notwendigste verkauft. Ein Trost ist für uns das vorzügliche Essen, welches frisch an den Ständen zubereitet wird. Als es dunkel wird, werden die Straßen menschenleer und die Moskitos bringen Abwechslung in unsere Stichkollektion. Nirgends gibt es Licht, auch nicht in den Häusern. Uns bleibt nichts übrig, als ebenfalls bald zu Bett zu gehen.

Wir überstehen die Nacht in dem kleinen Zimmer und stehen BALD AM MORGEN zur Abreise bereit, als der Vermieter plötzlich den doppelten Zimmerpreis kassieren möchte. Ich bin noch zu müde für solche Spiele, lege den ursprünglich vereinbarten Betrag auf den Tresen und gehe wortlos, ohne auf seine Forderung einzugehen. Entlang der Hauptstraße kaufen wir zum Frühstück Chai und Butterkekse, Croissant und Cappuccino sind unbekannt. Chai Tee und Butterkekse werden von nun an unser Standard-Frühstück. Die Vielfalt wie in Indien gibt es hier nicht.

Entlang der Strecke müssen wir jetzt mehr Tieren als Fahrzeugen ausweichen. Und mehrmals am Tag werden die Straßen regelrecht verstopft, genau dann, wenn die Schule beginnt oder endet. Interessanterweise sind die Kinder uniformiert und größenmäßig sortiert - haben sie je nach Alter unterschiedliche Schulzeiten? Die Kinder gehen selbstständig zur Schule und wieder heim (undenkbar für Eltern in Österreich).

Die Straße wird immer schmaler. Die Straßenränder wurden von einer Überschwemmung weggespült. Gestern hätten wir hier wahrscheinlich noch nicht fahren können. Jemand auf der Straße vor uns winkt und schreit: "Road

Block - Road Block!", wir fahren aber unbeirrt weiter, zwängen uns durch aufgereihte Fahrzeuge und eine Gruppe Menschen. Vor uns ist kein „Road Block", es ist überhaupt keine Straße mehr da. Auf zwanzig Metern Länge wurde die Landstraße vom Regen unterspült und schließlich vom Hochwasser weggeschwemmt. Auf der anderen Seite des „Wassergrabens" sehen wir die gleiche Situation. LKWs stehen aufgereiht vor dem wassergefüllten Graben entlang der Abbruchkante und die Fahrer starren ratlos in den Abgrund. Unten im Graben sieht man einen Lastwagen, der bis zur Ladekante im Schlamm steckt. Ein Weiterkommen sieht wirklich schwierig aus.

Wir beratschlagen uns, studieren die Karte, als im Wald neben der Straße ein gelber Bagger auftaucht. Innerhalb von Minuten schüttet der Bagger einen befahrbaren Damm auf, der ermöglicht, den Graben über eine provisorische Umfahrung zu überwinden. Alle Leute sind begeistert, laufen sofort zu den Fahrzeugen und drängen in indischer Manier zur aufgeschütteten Umfahrung. Der Baggerfahrer hat nicht einmal Gelegenheit, zur Seite zu fahren. Ganz ungeniert verhalten sich die Motorradfahrer, die sich sofort die neu eröffnete Lebensader zu Nutze machen und sich zwischen den Fahrzeugen durchzwängen.

Martina: *Bin so froh, dass wir es vor den LKWs geschafft haben - tiefe Spurrinnen wären für uns wirklich schwierig.*

Wir sind wieder unterwegs, können kaum glauben, den scheinbar „unüberwindbaren" Graben nach nur 30 Minuten hinter uns gelassen zu haben.

Pokhara

Nicht alle, welche wandern,
sind verloren. – J.R.R. Tolkien

Man hat den Himalaya nicht richtig gefühlt, nicht verinnerlicht, wenn man nicht eine Zeit ohne Motorisierung, alleine in den Bergen unterwegs war. Wir kennen die beeindruckenden Bilder der mächtigen Gipfel aus Fels und Eis, den höchsten der Erde, sind ihnen nahe und möchten diese jetzt richtig „erleben". Als erstes großes Ziel stecken wir uns Pokhara, eine kleine, bei Touristen sehr beliebte Stadt, deren Skyline aus 7000er Gipfeln gebildet wird. Die Strecke nach Pokhara kann, aufgrund der guten Straßen, in 2-3 Tagen bewältigt werden und wir sind auch schon unterwegs.

Der Weg führt durch weite Wälder, die auch Teil populärer Nationalparks sind. Ein für seine Nashörner bekannter Park ist der Bardiya, der zusammen mit dem benachbarten Banke Nationalpark ein 1.500 km² großes Schutzgebiet für Tiger bildet (Bardia-Banke Tiger Conservation Unit (TCU)). Die Tiere sind geschützt, so steht es geschrieben. Ich bezweifle, dass Papier die Kugeln der Wilderer wirkungsvoll abhalten kann. Wir lassen die Parks hinter uns, der Weg führt weiter und vorbei an Buddhas Geburtsort Lumbini. Wir halten uns nicht lange bei den Attraktionen auf, unser Ziel sind die Berge!

Angekommen in Butwal, einer der größten Städte Nepals, müssen wir laut Karte einfach nach Norden abbiegen, um in die Berge zu gelangen. Gerade, als wir den schlimmsten Teil der chaotischen Stadt hinter uns haben, erspäht uns an der Stadtausfahrt ein Polizist. Als wir ihm näherkommen und er uns als Touristen erkennt, springt er hektisch vom Gehweg auf die Straße und hält uns mit eindeutigen Handzeichen an. Wir rollen entspannt an den Straßenrand, sind gespannt, was er von uns möchte. Seinem Anliegen verbal zu folgen, ist nicht möglich, er spricht kein Wort Englisch und wir kein Wort Nepalesisch. Der Polizist versucht uns durch lebhaftes Gestikulieren eine Gesetzeswidrigkeit begreiflich zu machen, leider sind wir schwer von Begriff. Wir blicken uns um und sehen in der gesamten Stadt die Fahrzeuge unkontrolliert kreuz und quer fahren. Wir begreifen, was er wirklich will, als er die Hand aufhält und uns entgegenstreckt. Wir grüßen freundlich, legen wortlos den Gang ein, lassen die Kupplung kommen, schenken ihm ein Lächeln und lassen Butwal im Rückspiegel immer kleiner werden.

Während in den Bergen Indiens die Straßen oft schnurgerade in die Berge gehauen wurden und geradlinig durch die Landschaft führten, winden sich hier in Nepal die Straßen entlang der Hänge hinauf. Die Strecken sind wunderbar zu fahren. Unten in den Tälern sieht man die reißenden Flüsse, die Straßen werden eingefasst von Baumriesen. Wir folgen sozusagen der Natur in die Berge. Wir freuen uns über die guten Straßen. Wir genießen die lange Tagesetappe, bis es in den Bergen zu regnen beginnt.

Martina hält fest: *„Mir hat die letzten Kilometer der Arsch schon sooo weh daun, i hob an nix anderes mehr denken können...aua, aua, aua, i kaun nimma sitzen...".* Meine Aufzeichnungen der letzten Kilometer vor Pokhara sind im Gegensatz zu Martinas objektiv und klar: *„Sch...Wetter, sch... Regen, sch...kalt, jetzt rinnt des Wossa a nu in die Stüfi eini, i mog nimma, wo is des blede Pokhara...".*

Wir möchten nur noch unser Ziel erreichen, ein kleines Essen einnehmen und uns in einem warmen, trockenen Bett verkriechen. Kurz vor Pokhara wird der Regen noch stärker, es schüttet in Strömen. Wir lieben das Reisen mit den Motorrädern, weil man die Eindrücke, das Umfeld direkt und ungefiltert erleben kann. Man ist mittendrin im Geschehen, im Erlebnis, statt nur durch ein Fenster zuzusehen. Man fühlt sich lebendig! Nur an Tagen wie diesem fühlen wir uns eher tot als lebendig. Unsagbar die Freude, als wir in Pokhara endlich ein trockenes, sauberes Zimmer und ein warmes Essen bekommen.

Pokhara ist ein wahres Touristenparadies, das keine Wünsche offenlässt. Pizzas, Burger, deutsches Brot und eine Riverside Promenade zum Flanieren. In den gut sortierten Buchhandlungen stehen die besten „Reprints" der angesagten Bestseller und Bergbücher. Bars laden bei deutschem Bier zum Feiern ein, Karaoke wird gesungen (Anm.: Gehörschutz mitbringen – „Smoke on the water" von Nepalesen gesungen!). In einem Restaurant belohnen wir uns für die Anstrengungen mit einem (Wasser)Büffelsteak. Zehn Minuten später belohnen wir uns mit chinesischem Essen für das zähe Büffelsteak. Herrlich!

Einheimische, die nicht oft mit Touristen in Kontakt sind, können nur schwer abzuschätzen, wie viel Geld man den reichen Touristen abverlangen kann. Sie wollen ihren Gewinn maximieren, wissen aber nicht, wann sie den Bogen überspannen. Ich frage in einer Werkstatt nach einer normalen M8 Mutter – „Haben wir nicht!", ist die kurze Antwort. Ich zeige auf eine Mutter, die vor dem Mechaniker auf dem Tisch liegt – „ja haben wir doch!".

Er zögert, überlegt, im Gedanken wiegt er ab, wie viel er wohl für einen wertlosen Gegenstand von dem Touristen verlangen kann. „100 Rupien" ist seine Antwort. Das ist ungefähr der Preis eines Mittagessens. Wir gehen wortlos weiter. Dem Mechaniker wird bewusst, dass er uns falsch eingeschätzt hatte, läuft uns nach und schenkt uns die Mutter. Ich bedanke mich und gebe ihm Trinkgeld, genauso, wie es auch bei uns ablaufen würde. Einmal läuft uns ein Junge bei einem Spaziergang nach. Er will uns den Weg zeigen. Es kommt uns etwas komisch vor und wir sagen ihm, er kann uns gerne begleiten, aber wir brauchen seine Hilfe nicht und werden ihn nicht bezahlen. Er kommt ein Stück mit, verlangt dann Geld und ist nicht glücklich mit uns, als wir ihn tatsächlich nicht bezahlen. Die Einheimischen sind grundsätzlich sehr hilfsbereit und nett, nur wo die Reisenden unbedacht mit Geld umgehen (um sich werfen), ist das nicht immer so. Unsere Vermieter sind allerdings auch Nepalis in einer Touristengegend und sehr nett und hilfsbereit. Nur wenige Kilometer außerhalb der Stadt ist das Leben ländlich einfach und es ist keine Spur mehr vom Tourismus zu sehen. Auf kleinen Wanderungen in der Umgebung beobachten wir das alltägliche Leben und sammeln Eindrücke. Schulkinder marschieren in Zweierreihe mit den Lehrern zum See, um dort ihre Wäsche zu waschen (ja, Kinder waschen selbst ihre Kleidung). Auf den Feldern pflügen die Bauern mit Ochsengespannen.

Obwohl uns Pokhara gefällt, schmieden wir Pläne, unsere Motorräder für einige Wochen zurückzulassen und zu Fuß in die Berge zu wandern. Unser Ziel ist der Annapurna Trek (oder Annapurna Circuit), eine mehrtägige Wanderung im Herzen des Himalayas. Umgeben von den 8000er Gipfeln wollen wir den Himalaya auf uns einwirken lassen und intensives „Himalaya-Feeling" verinnerlichen. Wir beobachten das Wetter genau und bemerken Regen nur gegen Abend und in der Nacht. Tagsüber herrscht immer hervorragendes Wanderwetter. Es spricht also nichts dagegen, auf eine „kleine Tour" aufzubrechen.

Martina: *„Mehrtägig"!?! Kleine Tour"!?! Das ganze Ding dauert je nach Variante bis zu drei Wochen!! Und dann noch auf der Höhe! Meine längste bisherige Wanderung hatte eine einzige Hüttennacht.*

Obwohl ich etwas angespannt bin, organisieren wir uns Bewilligungen für den Trek in Pokhara. Die Bewilligung ist viel billiger als viele andere in Nepal und kostet nur ca. 15 Euro pro Person. Man bringt Passfotos mit und bekommt die Permits sofort ausgestellt. Die nette Beamtin beanstandet aber die Fotos. Was ist jetzt, passt etwa die Größe nicht? Nein, sie will auch von mir Fotos haben. Ich bin verwirrt. Die Fotos liegen vor ihr, gleich neben Marios. Ich zeige drauf, sie schüttelt den Kopf. Verwirrung. Es stellt sich dann heraus, dass mein sehr kurzer Haarschnitt auf dem Foto das Problem ist. Das ist sie nicht gewohnt, sie dachte, die Fotos zeigen einen Mann.

Annapurna Trek

Fahre in die Welt hinaus. Sie ist fantastischer
als jeder Traum. – Ray Bradbury

Der Ausgangspunkt der Wanderung liegt ca. eine Stunde von Pokhara entfernt und ist mit dem Bus leicht zu erreichen. Die Motorräder bleiben bis zu unserer Rückkehr in der Unterkunft zurück, kostenfrei und sicher - super Unterkunft!

Um sechs Uhr morgens steht nicht nur der Bus reisebereit in der Haltestelle, auch wir haben uns mit jeweils einem Rucksack ausgerüstet und können es nicht erwarten, mehr von den Bergen zu sehen. Busreisen in Asien sind immer ein Abenteuer. Die Route geht von Pokhara nach Besisahar, von wo nicht nur der Ausgangspunkt der Wanderung, sondern auch ein „Check-Point" für Wanderer eingerichtet ist. Leicht finden wir einen Sitzplatz im Bus. Für den auf Busreisen in Asien typische und ohrenbetäubende Lärm aus dem Radio hat der Chauffeur schon gesorgt. Ohne dröhnenden Lärm aus defekten Lautsprechern scheinen Busreisen in Asien undenkbar. Die Klimaanlage ist auf gefühlte -10°C gestellt. Alles ist also asiatisch „normal", ebenso die Fahrweise des Busfahrers. Nicht jeder Fahrgast kann entspannt bleiben, wenn der Fahrer mit Vollgas auf ein Hindernis zurast. Wir sind allerdings Adventure-Biker und lassen uns durch ein wenig Todesangst nicht aus der Ruhe bringen. Wir genießen die vorbeiziehenden Reisfelder und die schöne Landschaft.

Angekommen in Besisahar müssen wir uns für die Wanderung registrieren. Eine Genehmigung für die Wanderung hatten wir ja schon. Es muss sichergestellt sein, dass jeder Tourist, der in Nepal wandert, auch dafür zahlt! Die Regierung hat für eine sehr gut ausgebaute Kontroll-Infrastruktur gesorgt. Jeden Tag werden entlang des Weges die Genehmigungen überprüft. Zuerst muss man in Nepal als Wanderer grundsätzlich registriert sein (20,- Euro) und dann muss man sich für jede einzelne Wanderung eine Genehmigung kaufen. Wenn man als Tourist in ausgefallenere Gegenden wandern möchte, z.B. in das Gebiet Mustang, müssen 100,- USD pro Tag bezahlt werden.

Die geplante Wanderung wird je nach Strecke ca. 160-230 km lang sein, auf 5.400 m üNN ansteigen und einmal um den bekannten 8000er Annapurna führen. Einen ersten Zwischenstopp planen wir, in einem kleinen Dorf namens Buhlabuhl, nur dreizehn Kilometer entfernt, einzulegen. Entlang dieses ersten Abschnittes folgen wir einer Schotterstraße, die China für einen Staudamm errichtet hatte. Wenn es eine Straße gibt, gibt es natürlich auch Busverkehr.

Martina: *Leider ist es psychologisch unmöglich, auf einer Straße zu wandern, auf der auch ein Bus fährt. Wir beschließen, uns anstatt der ersten Stunden Wanderung in einen Bus zu setzen. Angeblich geht der in die richtige Richtung. Als er aber kurz darauf losfährt, wendet er und fährt in die falsche Richtung. ??? Nach einer halben Stunde sind wir aber wieder dort, wo wir eingestiegen sind. In der Zwischenzeit gibt es mehrere Runden im Ortszentrum, um weitere Kunden zu finden. Endlich soll es losgehen und der*

Kassierer kommt zu uns. Wir fragen VOR Fahrtantritt nach dem Preis. 600 Rupien, das ist das zehnfache von dem, was wir erwartet haben, und vermutlich ein Touristenpreis. Wir steigen aus und machen uns zu Fuß auf den Weg. Einige Stunden auf der Schotterstraße sind jetzt doch ok für uns. Unsere Laune ist gut, die Sonne scheint und die Berge sind schön. Nach 10 Minuten kommen wir an eine Stelle, an der sich ein Fluss und die Straße kreuzen. Der Fluss ist oben, die Straße darunter (keine Brücke). Ich überlege: Schuhe ausziehen: Hohe Ins-Wasser-Plumps-Gefahr wegen mangelnder Stabilität. Schuhe anbehalten: Weiterwandern in vollgelaufenen Bergstiefeln. Beides nicht verlockend. Da holt uns der Bus ein und bietet nochmal an, uns mitzunehmen. Der Fahrer möchte sich den guten Zuverdienst nicht entgehen lassen, wir sind auch nicht abgeneigt mitzufahren, lassen uns aber nicht über den Tisch ziehen. Endlich die Einigung, wir zahlen nur den 3-fachen Preis - immer noch teuer, aber die Stiefel bleiben trocken.

Wir bekommen einen Sitzplatz, jedoch ist ein Nepalese nur halb so groß wie ein Europäer. Eingepfercht wie in einen Tiertransport fahren wir bei lauter Volksmusik über Stock und Stein. Die erfahrenen Fahrgäste hängen außen am Bus oder sitzen auf dem Dach. Ich werde so durchgeschüttelt und herumgeworfen, muss mich so festkrallen, dass ich nicht einmal Ohropax einsetzten kann.

Angekommen in der ersten Ortschaft der Wanderung, Buhlabuhl, sind wir noch keinen Meter gegangen und trotzdem total erschöpft. Es endet die Straße und wir marschieren endgültig los. Vor Sonnenuntergang müssen wir eine Unterkunft in der nächsten Ortschaft finden. Zu unserem Erstaunen sind wir nicht die einzigen auf dem

Weg, wir treffen einen Chinesen, der zufällig das gleiche Teilstück schaffen möchte und schließen uns kurzerhand zu einer Gruppe zusammen.

Die bergerfahrenen Österreicher übernehmen sofort die Navigation (*Martina: Hey, lass mich da raus, ich habe nie behauptet, mich dort auszukennen*). Genau, wie man sich eine Trekkingtour in Nepal vorstellt, führt der Weg schon im ersten Abschnitt über tiefe Schluchten, hohe Hängebrücken und (fast senkrecht) steile Hänge hinauf.

An der anderen Seite des Tals dichte Wälder und ein Wasserfall. Exakt der Stoff, aus dem Bergabenteuer sind. Immer weiter und weiter geht es im dichten Wald hinauf. Immer schmaler wird der Weg. Nach einer Stunde stehen wir oben auf einem Kegel und können tausend Meter hinunter in die dicht bewaldete Schlucht blicken, aus der wir geklettert waren. Das warme Gefühl, etwas erreicht zu haben, durchströmt mich, es ist einfach nur schön. Weit auf der anderen Seite der Schlucht, auf dem Gegenhang, erkennen wir einen anderen Wanderweg. Ich nehme die Karte, um nachzusehen, wohin wohl der andere Weg führt. Der Pfad auf der anderen Seite ist nicht irgendein weiterer Wanderweg, sondern der, auf dem wir jetzt sein sollten! Wir sind voller Enthusiasmus auf den falschen Berg geklettert. Alles zurück, die gesamte schweißtreibende Strecke. Unser chinesischer Freund entscheidet sich, eigene Wege zu gehen und uns auf keinen Fall weiter zu folgen. Er hat eine Weisheit erlangt, von der nicht einmal Konfuzius wusste: Folge dem Mario nicht blindlings auf einen Berg!

Martina: Und hüte dich, wenn Mario behauptet „Wir sind gleich da!" Es kann sich dann nur mehr um Stunden handeln.

Unsere Einschätzung des Wetters war richtig. Am Tag ist es sonnig, gegen Abend ziehen Wolken auf und es wird meist regnerisch. Zehn Minuten, bevor wir die erste Unterkunft erreichen, beginnt es zu schütten. Unsere Regenschirme stellen sich als wasserdurchlässig heraus, zusätzlich wird Martina auf den letzten Metern von einem Blutegel gejagt und angefallen.

Alles ist vergessen, als wir in der Unterkunft bei einer Tasse Chai zur Ruhe kommen. Die einzige Möblierung in unserem kleinen Zimmer, in unserer Zelle, sind zwei Holzpritschen. Man kann sich das Zimmer durchaus wie eine Gefängniszelle vorstellen. Nach einem einfachen Essen sind wir wieder gestärkt und trocken - summa summarum eine gute erste Etappe.

Martina: *Das Zimmer ist sehr einfach, aber sehr sauber. Es hat aber keine Decken. Die Vermieterin bringt uns Decken, ist aber überrascht, dass wir keine Schlafsäcke haben. Naja, hätten wir schon, aber die sind so schön wasserdicht verpackt in den Rucksäcken.*

Das Abendessen ist ein leckeres Nudelgericht, das sehr viel teurer ist als die Unterkunft. Dafür kostet die Unterkunft nur einen Bruchteil dessen, was wir gewohnt sind. Unterm Strich kommt aber eine übliche Gesamtsumme raus: ca. 6 bis 10 Euro für uns beide. Den Abend verbringen wir im Gespräch mit einem Schweden. Er bekommt wenig Pension, weil er lange als Schnaps-Brandmeister in der steuerfreien Variante gearbeitet hat. Jetzt ist er Langzeit-Reisender und kommt im Durchschnitt mit unter 20 Euro am Tag aus. Wenn man von dem Budget auch Flug, Bus und Medikamente bezahlt, dann muss man auch in Nepal sparen.

BALD AM MORGEN geht es weiter entlang den steilen Hängen und dichten Wäldern. Kinder begegnen uns auf deren beschwerlichem Weg zur Schule oder mit großen Bündeln Feuerholz auf dem Rücken Die großen Kinder kümmern sich selbstverständlich um die kleinen. Fußball-spielen kann man hier nicht, ein falscher Tritt und der Ball ist weg, für immer. Jeder freie, ebene Quadratmeter Erde wird durch Menschen angelegt und für den Anbau ver-wendet. Wir wandern vorbei an nur einem einzigen Qua-dratmeter Mais oder einzelnen Flecken mit Getreide. Auf den Hängen wird Reis angebaut. Nur im Tal gibt es Platz für große, zusammenhängende Felder. Diese werden nicht für langweiliges Gemüse verwendet, hier wird im großen Stil Hanf angebaut. Mehr als zwei Meter hoch wächst das „Gras" und wir Wanderer müssen mitten durch! Wenn man auf dem Weg (den immer gut gelaunten) Trägern aus-weichen muss und zur Seite tritt, verschwindet man zur Gänze im Hanf.

Nach unserer unglücklichen ersten Begegnung mit dem chinesischen Wanderer treffen wir auf top ausgerüstete Israelis. Sie tragen sogar zwei Rucksäcke übereinander (es handelt sich offenbar um eine Expedition). Was die nötige Ausrüstung für eine Bergtour anbelangt, wissen wir Öster-reicher natürlich alles besser. Ein Blick auf das Schuhwerk genügt, um ein komplettes (Vor-)urteil zu haben. Die Israelis haben keine schweren Bergstiefel, die latschen in einfachen Turnschuhen! Das geht ja überhaupt nicht! In Österreich würden wir so ausgerüstete Wanderer sofort der Bergwacht melden oder zumindest „Deutsche" nennen.

Als wir uns unbeobachtet fühlen, wechseln auch wir auf Turnschuhe. Wir sind extrem schlechte österreichische

Vorbilder, aber was für eine Erleichterung, mit Turnschuhen zu gehen. Wir verstehen uns mit den Israelis prächtig und teilen am Abend die gleiche Unterkunft. Nur beim Essen sind sie wegen der koscheren Kost etwas eingeschränkt. Während sie oft Stunden die Speisekarte nach einer essbaren Kombination durchsuchen oder sogar selbst kochen, bestellen wir einfach das lokale Essen, welches in der Regel fertig in der Küche steht. Wir genießen das Leben in vollen Zügen. Alle drei Bedingungen für eine glückliche Reise sind erfüllt: trocken, warm und gefüttert. Mehr braucht man nicht.

Ein typischer Wandertag beginnt BALD AM MORGEN und endet vor dem Regen um ca. 17:00 Uhr. Die Beschreibung des Weges entspricht einer Aneinanderreihung von Superlativen - Wasserfälle, Natur, Ruhe und Frieden. Immer wieder gibt es kleine Quellen und Bäche, wo wir unsere kleine Wasserflasche füllen. Es schmeckt nur furchtbar.

Das liegt aber an den Desinfektionstabletten, die wir reinwerfen. Deshalb hören wir mit den Desinfektionstabletten auch bald wieder auf und müssen trotzdem nicht auf unsere Durchfalltabletten zurückgreifen. Unser täglicher Check-Posten (der Überprüfung, ob wir für die Wanderung bezahlt haben) informiert uns, dass heute nur vier andere Wanderer auf der Strecke unterwegs sind. In den kleinen Ortschaften entlang der Strecke gibt es keinen Strom, die Leute sitzen am Abend bei Kerzenschein in der Küche. Die Unterkünfte sind entsprechend günstig. Oft können wir sogar kostenlos übernachten, wenn wir bereit sind, im Haus unser Abendessen zu kaufen und nicht das Mitgebrachte zu essen. Ein fairer Deal. Noch gibt es zu den Ortschaften entlang des Trecks keine durchgängige

Versorgungsstraße (eine Straße nach Manang befindet sich im Bau).

Unterwegs begegnen wir immer wieder Trägern, männlichen, weiblichen und tierischen, die wichtige Lebensmittel wie Bier, Cola, Chips oder auch Reis und Hühner in die Berge transportieren. In regelmäßigen Abständen entlang des Weges findet man Ablageflächen mit etwa einem Meter Höhe. Die Träger nutzen diese, um die Lasten abzustellen und etwas zu rasten. Wir erreichen solch einen Tisch gleichzeitig mit einer kleinen alten Frau, die einen vollen Sack Reis mit einer Schlinge um den Kopf trägt. Wortlos reicht uns die alte Frau einen Apfel zur Stärkung. Offensichtlich sehen wir angeschlagen aus. Unterhalten können wir uns leider nur mit Zeichensprache. Als Gentleman signalisiere ich der Dame, ihr den Reissack das nächste Stück für sie zu tragen. Ich lege mir die Trageschlinge um den Kopf, möchte aufstehen, keine Chance. Ich schaffe nicht einmal den Reissack vom Abstellplatz anzuheben, geschweige denn zu tragen. Die alte Frau amüsiert sich köstlich, packt ihren 50 kg Reissack und läuft uns davon. Ein anderes Mal begegnete ich einem jungen Mann, der seine kranke Großmutter auf einem Stuhl sitzend, mit Schnüren auf seinem Rücken festgebunden, hundert Kilometer durchs Gebirge ins nächste Krankenhaus trug. Es ist unglaublich, welche Lasten die Einheimischen tragen können.

Die Abende in den Unterkünften gestalten sich sehr einfach, aber dennoch gemütlich (okay, bei „gemütlich" habe ich jetzt etwas gelogen). Zuerst wird das bereits gemachte Bett verbessert, indem man zusätzliche Decken organisiert, eventuell noch Zuglöcher in Fenstern und Wänden stopft und Spuren der Vorbewohner entfernt.

Nasse Sachen werden zum Trocknen aufgehängt, die Haare der Vorduscher aus der Gemeinschaftsdusche entfernt und dann wird eiskalt geduscht. Eiskalte Duschen sind der Standard. Jede Unterkunft versucht mit "warm shower" Gäste anzulocken, faktisch bekommt man aber nur eine „warme Dusche", wenn man sich den heißen Chai-Tee über den Kopf schüttet. Kleidung, die man am Abend zum Trocknen vor die Türe hängt, ist am nächsten Morgen steif gefroren.

Sobald alles versorgt und bereit für die Nacht ist, gibt es Dal Bhat bei Kerzenschein. Man hat noch etwas Zeit zum Frieren und dann geht es geht zeitig ins Bett. Wenn man Glück hat und bei einer kleinen Familie unterkommt, wird man herzlich in den Familienkreis aufgenommen. Man verbringt den Abend mitten in der Küche, am warmen Herd mit offenem Feuer, trinkt Tee und verdaut die Erlebnisse des Tages. Rund um den Herd ist die einzige warme Stelle im Haus! Sind auch noch andere Wanderer zu Gast, werden am Feuer die Highlights des Tages nochmal lebhaft diskutiert: Hast du den Wasserfall gesehen? Bis zu den Knien durch das eisige Schmelzwasser, Erdrutsch, kalt, nass, Hunger, Israelis, Blasen an den Füßen und so weiter. Und wenn man ganz viel Glück mit der Unterkunft hat, gibt es Reispudding als Nachspeise, herrlich!

Erste weiße 7000er Bergspitzen tauchen vor uns auf und sofort ist der Wald weg. Das gesamte Tal ist frei von Bäumen. Wir haben die Baumgrenze aber noch lange nicht erreicht! In einer Hütte machen wir Rast und fragen nach dem Verbleib der Bäume. Die Antwort erstaunt uns. Der Wald wurde für die Touristen entfernt! Man bereite sich auf Öko-Tourismus vor. Aus aller Welt wurden 60.000 Apfelbäume bestellt, eine

Straße befindet sich schon im Bau und in einem entstehenden Ressort wird man sich um die Touristen kümmern und ihnen Apfelstrudel servieren. Die sich schon im Bau befindliche Straße wird fast bis an das obere Ende der Wanderstrecke, bis Manang auf 3.500 m üNN, reichen. Was aus unserer Sicht die Öko-Tourismus-Experten nicht bedachten, ist: Apfelbäume haben die Touristen auch zu Hause. Wir sind nicht sicher, ob Apfelbäume statt dichtem Wald den Touristen gefallen werden. Andererseits wissen zukünftig Besucher nichts von dem ursprünglichen Wald und ein Tal voll mit Apfelbäumen ist sicher ein schöner Anblick. Wir sind überzeugt, dass dort, wo Straßen sind, es keine Ruhe und Erholung gibt. Wir sind froh, die Wanderung noch im Wald und ohne Straße machen zu können.

Angekommen in Manang, der größten Siedlung entlang der Strecke auf ca. 3.500 Meter, sind wir überrascht von der üppigen Vegetation. Beim Spazieren auf den umliegenden Hängen füttere ich auf einer saftigen Wiese ein kleines Kalb und das auf über 4.000 m üNN. Bäume, Wald, Weiden und Kühe, alles wie bei uns auf der Alm, nur auf der Höhe des Großglockners. Manang besteht eigentlich nur aus einem Gehweg. Links und rechts davon stehen einige Häuser. Die größten Häuser sind Hotels. Strom ist vorhanden und Handyempfang möglich, Manang ist daher im Vergleich zu den anderen Siedlungen eine kleine Stadt und eine Stadt hat (für die Touristen) natürlich auch ein Kino! In einem Kuhstall wurden einige Reihen Stühle aufgestellt und ein Projektor angeschlossen, fertig ist das IMAX Kino. Am Eingang wird Eintritt kassiert, die Besucher können durch einfaches Abstimmen aus über 100 Filmen den gewünschten Streifen auswählen. Wir möchten uns den Abend natürlich mit einem Bergfilm vertreiben und entscheiden uns für den IMAX Film „Everest", der die Katastrophe am Mount Everest, bei der acht Leute umkamen, lebhaft wiedergibt. Uns wird frischer, heißer Chai serviert, während Beck Weathers erfriert. Das „Alm-Feeling" in Manang gefällt uns, wir legen einen Tag Pause ein und bleiben noch eine weitere Nacht.

Martina: *Unsere Körper haben in der Zeit seit den hochgelegenen Regionen Indiens etwas von der Höhenkonditionierung verloren. Höhenkrankheit ist äußerst unangenehm und uns wird erzählt, dass auf dieser Strecke jedes Jahr jemand daran stirbt. Besonders gefährdet sind fitte Leute, die die Strecke so schnell begehen, dass ihr Körper keine Zeit hat, sich zu akklimatisieren. Ich selbst bin allerdings in der wenig gefährdeten Personengruppe - nicht sportlich genug, um den Aufstieg zu schnell zu machen und habe nicht die Willenskraft, unter furchtbaren Kopfschmerzen und starker Übelkeit weiter aufzusteigen. Sicherheitshalber arbeiten wir trotzdem an der Akklimatisation und wandern auf den „Hügel" gegenüber tagsüber hoch hinauf, um die Nacht wieder in niedrigeren Höhen zu verbringen. Ich bin sehr stolz auf mich. Das war eine anstrengende Wanderung und ich bin immer noch annehmbar schnell unterwegs. Da überholen uns einheimische Arbeiter, die jeweils mehrere drei bis fünf Meter lange Baumstämme auf dem Rücken tragen. Ich hätte nicht einmal gedacht, dass man so ein Gewicht tragen kann. Das müssen weit über 100 kg sein! Und diese Leute ziehen mit dem Vierfachen unserer Geschwindigkeit an uns vorbei...*

Von Manang aus ist es sehr empfehlenswert, einen Ausflug zur großen Barriere am naheliegenden Tilicho See auf 5.000 Meter zu machen. Bei der Erstbesteigung des Annapurna versperrte 1950 diese über 7.000 Meter hohe Berg-Barriere der Expedition den Zugang zum Annapurna. Maurice Herzog, der erste erfolgreiche 8000er Bezwinger, der auch lebendig zurückkehrte, wäre an dieser Stelle fast umgekommen. Dieses Drama hat Maurice Herzog in „Annapurna", einem der besten Bergbücher, lebhaft beschrieben. Erst 24 Jahre später, als alle 8000er bereits bezwungen waren, schaffte ein Team den Aufstieg auf diese Barriere. Der Blick vom gefrorenem Tilicho See auf die schneebedeckte Barriere ist grandios.

Zwischen Manang und dem höchsten Punkt der Wanderung liegen noch zwei Tagesetappen, wir packen und ziehen weiter. Die einzelnen Siedlungen bzw. Ortschaften entlang der Strecke sind optimal aufgeteilt. Alle paar Stunden taucht eine Hütte auf, bei der man Tee trinken und eine Pause einlegen kann. Während der Mittagspause werden wir in der Hütte darauf aufmerksam gemacht, dass in der Region Yarsagumba gefunden wurde. Yarsagumba ist der wertvollste Schatz der Region. Es ist eine Raupe, die als Aphrodisiakum verkauft wird. Kurios, aber wir interessieren uns nur für den Weiterweg.

Vor uns liegt der Höhepunkt der Wanderung, die Überschreitung des höchsten Passes Thorung La auf 5.400 m üNN. Martina hat als neue Energiequelle das lokale Brot für sich entdeckt (statt Reis mit Linsen). Dieses energiereiche Brot gibt es auch zu Hause und nennt sich Krapfen (oder auch Berliner, Pfannkuchen oder Kräppel). Hier werden die Krapfen ohne Marmelade gemacht und als Brot verkauft.

Für die kräfteraubende Überschreitung des Passes bestellt Martina in der Bäckerei gleich 10 Stück dieser nahrhaften „Brote", das sollte reichen. Ich muss nun nicht nur ihre Bergschuhe und Schlafsäcke, sondern auch noch, wie ein Bäcker auf Wanderschaft, die Riesen-Krapfen schleppen.

Martina: *Hey! Du hast angeboten, mein Zeug zu tragen, damit ich schneller gehen kann.*

Erst jetzt, auf fast 5.000 m üNN. verschwindet allmählich die Vegetation und wir gehen lange Strecken auf Schotter. Auf der letzten Hütte vor dem Pass machen wir Pause. Martina ist von der dünnen Luft und ich vom Tragen des gesamten Gepäcks erschöpft, wir beschließen, vor der Überschreitung nochmal hier auf der Hütte zu übernachten. Es ist saukalt. Wir bestellen uns einen Liter heißen Tee, um uns zu wärmen, schlafen mit der gesamten Kleidung, den Daunenschlafsäcken und allen Decken, die wir finden können, trotzdem frieren wir. In der Nacht herrscht Totenstille, es geht fast kein Wind. Am Horizont zeichnen sich die Silhouetten der umgebenden 7000ern ab. Plötzlich ein leises Geräusch, nochmal ist es zu hören. In immer kürzeren Abständen ist ein Kratzen zu hören, es wird immer lauter, es ist definitiv bei uns im Raum. Wir machen uns mit Taschenlampen auf die Suche, können aber nichts finden. Sobald wir die Taschenlampe anmachen ist das Geräusch verschwunden. Am nächsten Morgen, beim Frühstück, sehen wir, dass sich eine Maus sich nur wenige Zentimeter von unseren Köpfen entfernt ein Abendmahl gegönnt hatte.

Wir brechen BALD AM MORGEN auf, wir wollen die Berge im Sonnenaufgang sehen. Leider hängt dicker Nebel zwischen den Gipfeln. Nur schwer können wir den Pfad hinauf zum Pass erkennen. Auf den Hängen begleiten uns die für die Region bekannten „Blue Sheep", eine Art Steinbock-Ziege. Der Nebel lichtet sich langsam. Es ist ein unglaubliches Gefühl. Die Luft ist kalt und rein. Die Berge werden von der noch nicht sichtbaren Sonne beleuchtet und recken sich um uns hoch hinauf. Wir sind so hoch oben und um uns türmen sich die schneebedeckten 7000er Gipfel. Es durchströmt mich ein erhebendes Gefühl, wir stehen alleine mitten im Himalaya und können den Anblick auf die höchsten Gipfel der Welt genießen. Wir haben viel Zeit, denn mit zunehmender Höhe müssen wir immer öfter Rast machen. Der Wanderweg ist einfach, ein nicht besonders steiler Schotter-Pfad, aber die Luft ist extrem dünn. Martina glaubt, eine nahende Lokomotive zu hören, aber das bin ich mit meinem schweren Atem. Ich schnaufe wie eine Dampfmaschine und torkle den Weg entlang. Jede Bewegung bringt mich außer Atem. Die Schuhbänder bleiben bis zur nächsten Pause offen, da es zu anstrengend ist, sie zu binden.

Martina: *Vor dem Aufstieg zum Pass bin ich besorgt. Die Tagesetappe geht 600 Höhenmeter rauf und dann 1.800 Höhenmeter runter. Laut Plan inkl. Pausen sind das 10.5 Stunden. In den Alpen rechne ich*
*Angegebene Gehzeit * 1,5 = Martina sicher am Ziel.*
Wenn ich das auch hier so mache, dann komme ich auf ca. 15 Stunden. Das geht sich aus. Aber ich kann nicht ein-schätzen, ob eine lange Wanderung auf dieser Höhe den gleichen Regeln folgt.

Ich wandere wie immer: langsamer als alle anderen, mein eigenes Tempo, Pausen und Verpflegung sofort, wenn nötig. Das kann ich ewig durchhalten. Auf dieser Höhe ist das so langsam, dass ich beinahe seitlich umfalle. Plötzlich wird mir bewusst, dass ich unsere kleine Gruppe anführe. Das ist mir noch nie passiert. Mario sagt später, dass ich tatsächlich schneller war, da er immer wieder Pause machen musste, um sich zu erholen. Ich habe meine Superpower entdeckt: super-gleichmäßig-langsam-Gehen. Schade, dass man das so selten braucht.

Wir passieren ein letztes Geröllfeld (alles auf dieser Höhe gleicht einem gigantischen Geröllfeld) und Gebetsfahnen tauchen am Horizont auf. Gebetsfahnen sind immer ein gutes Zeichen. Wir haben es geschafft! Wir fallen uns in einem Meer aus Gebetsfahnen in die Arme. Eine Tafel „Thorung La 5.416 m üNN" sagt uns, wir haben den höchsten Punkt unserer Tour erreicht. Wir haben traumhaftes Wetter, wunderbare Fernsicht, aber lange halten wir uns nicht auf. Es ziehen von Norden Wolken auf, das vor uns liegende Tal ist nicht mehr zu sehen und es liegen noch zehn Kilometer Abstieg bis zur nächsten Unterkunft vor uns.

Martina: *Als wir den Pass erreichen, bin ich überrascht. Der Weg war einfach, ich bin nicht total erschöpft und liege sogar perfekt in der angegebenen Zeit. Aber ich habe Hunger und will keinesfalls, dass mir die Energie ausgeht. Schnell noch eine halbe Stunde auf der anderen Seite wieder runter, um die Höhe zu reduzieren, bevor wir die Tage alten Brot-Krapfen aufessen.*

Der Abstieg verläuft ohne Probleme und gleicht einem Spaziergang in einer Schottergrube (ein Spaziergang bei Nebel ohne Luft). Mit jedem Schritt kommen wir der kleinen Ortschaft Muktinath näher. Wir wandern vorbei an dem berühmten buddhistischen Chumig Gyatsa Tempel, in welchem sich Buddha persönlich mit einem Fußabdruck verewigt haben soll. Buddha hat wohl öfter wo seine Fußabdrücke hinterlassen. Wir haben aber keinen Sinn für Tempel, wir wollen eine Dusche, etwas zu essen und ein Bett (siehe Regeln für glückliches Reisen). Bob Marley ist unsere Erlösung, so der Name der Herberge. Wir bekommen eines der besten Zimmer und haben im Gegensatz zu den anderen Gästen warmes Wasser. Die Beine, das gesamte Gestell schmerzt, aber wir sind trotzdem glücklich. Wir haben es geschafft und sind die einzigen mit Warmwasser (das musste ich jetzt nochmal erwähnen). Das wir die einzigen mit Warmwasser sind, bereitet uns zusätzlich Freude. Warum? Keine Ahnung, ist aber so. Trotz des Abstiegs befinden wir uns noch höher als die Spitze des Großglockners. Nur eine Sache scheint nach der heutigen Tour noch wichtiger als warmes Wasser und Essen. Es dürstet uns nach einer richtigen Belohnung - Bier - egal was es kostet. Nach einem romantischen Abendessen, romantisch, weil wir ohne Strom bei Kerzenschein im Lokal auf alten Kisten mit schönen Bezügen und Polstern sitzen, notiert Martina: „Das beste Essen jemals....!".

Geplant hatten wir, nach den Anstrengungen einfach mal einen Tag auszuspannen, aber in Muktinath hält uns nichts. Hier ist es aufgrund der Pilger zum Tempel und der Wanderer zu lebhaft. Viele der Wanderer sind erschöpft und lassen sich mit Jeeps ins Tal bringen. Wir geben jedoch noch nicht auf und hier im Tal auf 3.700 m üNN ist Atmen eine Leichtigkeit.

Martina: *Wir sind noch nicht ganz aus der Ortschaft raus, da kommt für mich der gefährlichste Teil des gesamten*

Urlaubes. Wir wandern auf einem Schotterweg leicht bergauf, als mir einige faustgroße Steine auffallen. Das asiatische Warndreieck. Komisch, ich sehe keine Gefahr. Erst als ich ganz genau hinschaue, wird klar, dass die Straße zwei Meter vor uns einfach abbricht und ich beinahe sieben Meter über die Geländekante gestürzt wäre. Das Licht, der Hintergrund und der Blickwinkel machten die Gefahr unsichtbar.

Wir folgen dem Flussbett hinunter ins Tal. Es ist hier, nördlich des Passes, viel trockener als auf der südlichen Seite. Der von Süden kommende Regen wird von den Bergen abgehalten, die Gegend gleicht einer kahlen Steinwüste. Nach einem weiteren Tag Wanderung erreichen wir die Ortschaft Jomsom, die bereits an die Infrastruktur angebunden ist und über eine Bushaltestelle verfügt. Wir nutzen die Gelegenheit, um den Weg ins grüne Tal etwas abzukürzen und steigen bis zur nächsten Ortschaft Ghasa in den Bus.

Tagada - kennt das jemand? Tagada war in den 70er und 80er Jahren ein beliebtes Karussell. Eine runde Scheibe, eine Plattform, welche sich dreht und die darauf Sitzenden unkontrolliert herumwirft - unaufhörlich - u n a u f h ö r l i c h . Danach ist man das Geld los, hat eine gebrochene Hand und kotzt sich die Seele aus dem Leib - welch ein Spaß! Genau so ist hier die Busfahrt auf der extrem schlechten Schotterstraße. Es ist die schlimmste Busfahrt meines Lebens. Einziger Unterschied zum Tagada, die Sitze in den Bussen sind nicht befestigt, die Fahrgäste werden mit den Sitzbänken wild durch den Bus geschleudert. Wir konnten von der Fahrt keine Notizen oder Bilder machen. Während der gesamten Fahrt haben wir uns in Todesangst irgendwo festgeklammert. Die Fahrt bleibt für mich so unvergesslich wie für Martina das Essen in Muktinath. Wir sind mit dem Bus vermutlich nur zehn Kilometer gefahren, als wir nach einer gefühlten Ewigkeit im Dunkeln Ghasa erreichen.

Ghasa besteht nur aus einer Trucker/Bus Station. Das Paradies für uns, denn der Boden bewegt sich nicht und uns umgeben keine in Todesangst schreienden Menschen mehr. Wir haben die Busfahrt überlebt und sind komplett erschöpft. Im Tagebuch beschreibe ich den Ort als „Super-Hyper-Mega-Kaff". Einer der Gründe für unsere schlechte Meinung von dem Ort ist die Unterkunft. Wir bekommen ein teures Zimmer, das Bett ist noch warm vom Lastwagenfahrer, der gerade ausgezogen ist. Der Schmutz war aber nicht vom Vorbewohner, für die Menge von Schmutz braucht es mehrere Generationen von Vorbewohnern. Das Busreise-Abenteuer hat uns sehr „bewegt", statt auf den nächsten Bus zu warten, wandern wir zu Fuß weiter. Weiter ins Tal, vorbei an den heißen Quellen von Tatopani. Hinweis: Wer Zeit hat, sollte unbedingt bei Tatopani Richtung Poon Hill ins Annapurna Basecamp weitergehen. Die grünen, steilen und dicht bewachsenen Hänge vermitteln richtiges „Expeditions-Feeling". Ähnliches gibt es in Europa nicht zu sehen! Und nur dort kann man zum Sonnenaufgang den Dhaulagiri auf der einen und den Annapurna auf der anderen Seite sehen.

Nach einem halben Tag Marsch sind die Qualen der Busfahrt fast vergessen. Aber Wandern auf einer Straße ist trotz der schönen Gegend nicht motivierend. Wir beobachten, wie die Einheimischen dem LKW-Fahrern winken, um ein Stück mitgenommen zu werden. Das probieren wir auch gleich aus. Wir werden von den Fahrern jedoch ignoriert, keiner will für uns anhalten. Dann habe ich eine Idee! Ich winke nochmal, aber dieses Mal halte ich einen 1000 Rupien Schein in der Hand. Zehn Sekunden später sitzen wir in einem gemütlichen LKW mit einem sehr freundlichen Fahrer.

Nach der schlimmsten Busfahrt folgt die schlimmste LKW-Fahrt unseres Lebens. An einer Stelle müssen wir einen wilden Sturzbach durchqueren, der so tief ist, dass das Wasser beinahe durch die Fenster der Fahrerkabine hereinkommt. Bei der nächsten Gelegenheit steigen wir auch aus dem LKW wieder aus und marschieren zur Erholung wieder zu Fuß weiter. Noch sind wir nicht aus den Bergen, wir müssen nochmal einen Bus besteigen, doch werden die Straßen und auch die Busse besser, je weiter man hinunter ins Tal kommt. Ich notiere nur: „Der Bus steckt bis zum Trittbrett im Schlamm, alle vier Räder drehen durch und der Bus rutscht seitlich Richtung Abgrund ab....!" Wäre die Strecke nicht zu schwierig, würde die Dakar-Rallye vermutlich hier stattfinden. Eine weitere zweihundert Kilometer Busfahrt bringt uns heil zurück zu unseren Motorrädern nach Pokhara. Endlich wieder Promenade, Bier, Pizza und natürlich „Smoke on the water..." aus den dröhnenden Karaoke-Lautsprechern.

Katmandu

Reisen – es macht dich sprachlos, dann verwandelt es dich in einen Geschichtenerzähler – Ibn Battuta

Wir bereiten alles für die Weiterreise nach Katmandu vor. Die Wanderung hat uns so gut gefallen, dass wir nun herausfinden möchten, ob es möglich ist, ins Everest Base Camp zu kommen (idealerweise mit den Motorrädern). An den Motorrädern ist zum Glück nichts zu reparieren. Ich kontrolliere nur das Öl und schmiere die Kette. Mit großen Augen werde ich beobachtet, bis jemand die Frage wagt, was ich hier mache. Ich erklärte, dass ich die Kette schmiere. Nochmal werde ich gefragt, was ich da mache, die Einheimischen sind nicht sicher, ob sie richtig verstanden hatten. „Ja, ich schmiere die Kette!", antworte ich. „Warum?", werde ich wiederum gefragt. „Weil sie sonst verschleißt!" meine Antwort. Ich ernte Kopfschütteln und Unverständnis. Mir wird versichert, noch NIE hat ein Nepalese eine Kette geschmiert.

Die Strecke Pokhara - Katmandu ist in einem Tag zu schaffen. Die Fahrt ist einfach, abwechslungsreich und führt durch hügeliges „Alpenvorland". Die Frauen arbeiten auf den grünen Reisfeldern und auf den Märkten entlang der Strecke wird Gemüse verkauft. Vor Katmandu wird der Verkehr immer dichter. LKW um LKW kämpft sich die Hügel im Umland von Katmandu hinauf.

Wir folgen dem Tross hinauf und kämpfen uns durch die Abgaswolken der Lastwagen. Auf der Anhöhe vor

Katmandu macht sich Erleichterung breit. Wir sind nicht mehr weit von unserem Ziel entfernt. Von einer dichten Smog-Wolke verhüllt liegt die Hauptstadt Nepals in einem weiten Talkessel. Für asiatische Verhältnisse ist Katmandu eine kleine Stadt, so klein wie Wien. Dabei ist Nepal von der Fläche her fast doppelt so groß wie Österreich und hat viermal so viele Einwohner. Jetzt, mit Katmandu in Sichtweite, denken wir, bald in einer angenehmen Unterkunft zu sein. Über eine Stunde kämpfen wir uns durch den Verkehr, durch den Smog, entlang von Spurrinnen so tief wie Bordsteinkanten, bis wir endlich in Thamel, dem Touristenviertel von Katmandu, ankommen. Wir sind überrascht von der Menge an Touristen, auf die wir treffen. Bis jetzt hatten wir noch an keinem Ort so viele Reisende gesehen.

Das aufziehende Gewitter wollte nicht warten, bis wir eine Unterkunft haben. Wir stecken mitten im Verkehrschaos, als die (Wetter)Hölle losbricht. Es beginnt, wie aus Kübeln zu schütten. Im letzten Moment finden wir Unterschlupf in einer Hauseinfahrt. Aufgrund des Regens sind wir bei dem Zimmer nicht wählerisch. Ein Kompressor, der rund um die Uhr läuft, übertönt Schnarchen, Klimaanlage und Straßenlärm. Wir machen es uns auf einer zwei Millimeter dicken Matratze und einem Brett-Lattenrost gemütlich. Zum Glück hat das Zimmer keine Fenster. Fehlende Fenster sind der beste Lärmschutz. Ein Vorhang dient als Zimmertüre (natürlich aus feinster Kaschmirwolle – „good quality", selbst die Löcher im Vorhang sind von feinster Qualität). Das Bad befindet sich auf dem Gang. Uns ist das alles relativ egal, wir sind im Trockenen. Die Geschäfte sind vollkommen auf den Berg/Abenteuer-Tourismus ausgerichtet. Es wird alles angeboten, was Wanderer glücklich macht: Bergsachen, Souvenirs, Bergsachen, Restaurants, Bergsachen, Souvenirs, Bergsachen, Kaffeehaus, Pizza und Karaoke. Bergsachen nur vom feinsten. Jeder Verkäufer garantiert nur originale Ware in bester Qualität zu verkaufen oder die beste Qualität sogar noch zu übertreffen. "Mistel, please feeeel. Good Quarity, no China, lerry strong, 100% watel proof. Make good plice! Mistel, mistel, have a look!", so preisen die Verkäufer im Thamel Bezirk den ganzen Tag die Waren an.

Uns interessieren die Bergsachen eher nicht, unser erster Weg führt zu Yeti Airlines. Yeti ist die einzige Fluglinie, welche, wenn es das Wetter zulässt, Lukla anfliegt. Lukla ist DER Ausgangspunkt für Wanderungen ins Everest Basecamp. Straßen für eine Anreise mit dem Motorrad ins Base Camp gibt es leider nicht. Die Yeti Air Buchungszentrale ist ein kleines, dunkles Büro im dritten Stock eines unscheinbaren Hauses mitten im Thamel Bezirk. Nicht nur das Büro der Linie ist kurios, Yeti Air ist die einzige mir bekannte Fluglinie, bei der die gesamte Flugzeugflotte, EINE DHC-6 Propellermaschine im Jahr 2009 abstürzte. Die gesamte Flotte wurde erneuert und ist seit Jahren auf der einzigen Flugstrecke der Linie Katmandu - Lukla wieder unterwegs. (Anm.: Google klärte auf: YetiAir hat nun schon mehrere Flieger und fliegt auch Pokhara an!) Schlechte Neuigkeiten. Aufgrund von Schlechtwetter wurden alle Flüge bis auf Weiteres gestrichen. Wir sollten nach Wetterbesserung oder am besten im September wiederkommen. Leider nicht sehr ermutigend, da wir nicht unnötig lange im lebhaften Katmandu bleiben möchten. Dennoch, wir beschließen einige Tage auf Wetterbesserung zu warten und nehmen die zahlreichen Sehenswürdigkeiten in Angriff.

Durbar Square ist ein alter Königssitz, Weltkulturerbe und Pflicht für jeden Nepal-Besucher. Dieser Platz prägt das typische, für Besucher bekannte Bild der alten Pagoden und Tempel. Wir kommen zum Eingang auf dem historischen Platz und werden von jemandem in Uniform angehalten. Wir sollen zahlen - zahlen, um den Platz zu besichtigen. Wir blicken uns um, es herrscht lebhaftes Treiben auf dem Platz, tausende Leute kommen und gehen, keiner zahlt. Der Beamte besteht jedoch darauf, wenn wir nicht 700,- Nepalesische Rupien zahlen (keine Ahnung wieviel das in Geld ist), müssen wir den Platz verlassen. Okay, kein Problem, wir verlassen den Platz auch gerne wieder. Wir drehen um und auch der „Touristen-Polizist" dreht sich um und geht zu seinem Häuschen am Rande des Platzes. Nur, wir umrunden den Häuserblock und betreten den Platz von der anderen Seite. Hier kassiert niemand und wir besichtigen den Platz in Ruhe. Touristen zahlen grundsätzlich für alles extra und Premium. Es ist Eintritt zu zahlen, wo keiner ist, oder es hält jemand die Hand auf, wenn man ein Foto von einem öffentlichen Gebäude schießt. Die einfallsreichsten Kassierer sind die Sadhus. Sadhus sind grundsätzlich heilige Männer, aber hier sind es oft für Touristen verkleidete Bettler, die bei jedem Foto die Hand aufhalten. Zwar ernten diese die Verachtung der lokalen Bevölkerung, ernten aber auch die Dollars der Touristen.

Nach drei Tagen ist immer noch keine Wetterbesserung in Sicht. Die Webcams am Base-Camp zeigen nur graue Bilder, Regen und Schnee. Unsere Geduld ist am Ende, wir beschließen weiterzufahren. Wir sehnen uns nach einer warmen Gegend ohne Regen, etwas Abwechslung und natürlich nach dem Kick, den man nur beim Reisen bekommt. Die Taschen sind schnell gepackt, wir folgen der Straße hinaus aus Katmandu. Leider „müssen" wir beim Verlassen von Thamel gegen eine Einbahnstraße fahren. Sofort werden wir von einem Polizisten angehalten, der uns auf den Fehler aufmerksam macht. Ich erkläre, dass wir der Einbahnstraße nur bis zur nächsten Hauptstraße folgen, gebe Gas und wir lassen Katmandu hinter uns. (Anm.: Alle fahren ungeniert gegen die Fahrtrichtung, nur Touristen werden angehalten). Wir haben schon etwas Routine im Umgang mit der Polizei.

Zurück in die Abwechslung

Es liegt eine Art Magie über dem Fortgehen, um dann völlig verändert zurückzukehren. – Kate Douglas Wiggin

Martina ist unglücklich. Das Frühstück, Kartoffel mit Ei, ist nicht so gut, wie sie gehofft hatte. Sofort ist die Stimmung am Boden. Das nasskalte Wetter in Katmandu macht uns zusätzlich zu schaffen. Leicht krank, verkühlt von der Nass-Kälte der hohen Lage brechen wir auf zurück in Richtung Indien. Obwohl Indien laut, überbevölkert, heiß und auch gefährlich ist, freuen wir uns irgendwie wieder auf Indien. Wir freuen uns auf die Abwechslung, auf das facettenreiche Essen und AUF DAS IMMER WARME WETTER. Heute herrscht extrem viel Verkehr. Es ist nichts Außergewöhnliches, einen umgestürzten LKW am Straßenrand zu sehen. Das ist durchaus an der Tagesordnung. Heute liegen schon vor dem Mittagessen vier LKWs im Graben, hoffentlich ist das kein böses Omen. Das Abwasser fließt in dieser Region offen neben der Straße in tiefen Gräben. Es sind Abwasserkanäle, in denen ein gesamtes Motorrad ohne weiteres verschwinden kann. Ungeschützt und offen geht es senkrecht einen Meter hinunter. Muss man einem Fahrzeug ausweichen oder wird man abgedrängt (kann ja mal vorkommen, man ist in der Rangordnung ganz unten, im wahrsten Sinne des Wortes unter dem LKW), ist man unachtsam oder muss man aus sonst einem Grund ausweichen: Game Over.

Die regelmäßigen Polizeikontrollen sind freundlich und die Beamten springen sofort zur Seite, wenn sie unsere indischen Kennzeichen erkennen. Wie bei der Herfahrt ist auch die Rückfahrt ein Genuss. Steile, grüne Hänge, Wald, Tiere, Wasser. Das Wasser ist nur unangenehm, wenn es die dicht bewachsenen Hänge herunter strömt und sich den Weg über die Straße sucht. Für LKWs ist das nicht gefährlich, aber auch für uns (nach Spiti-Valley) ist inzwischen das Wasser kein Problem mehr. Wir überlegen, noch einen Rasttag in einem der Nationalparks einzulegen, leider sind diese außerhalb der Saison aber geschlossen. Schonzeit für die Tiere, Hochsaison für Wilderer. Nur noch 500 km zur indischen Grenze! Da es zwischen Indien und Nepal so gut wie keinen Warenverkehr gibt, nimmt der Verkehr, je näher wir zur Grenze kommen, stetig ab. Vor uns ein mit Kindern randvoller Traktoranhänger, die Schule ist vorbei und sie werden mit dem Traktor nach Hause gebracht. In den Bergen gibt es offenbar diesen „Schulbus", aus dem uns die Kinder aufgeregt zuwinken.

Wir erleben die schönsten Motorrad-Reisetage seit unserer Abreise. Wir wissen, wohin wir müssen, jetzt außerhalb der Berge ist das Wetter warm, überall ist es grün, gute Straßen, es ist perfekt. Wir haben sogar Spaß an den Stellen, an denen das Unwetter die Straße weggerissen hat! Wir nutzen den Fluss, der jetzt die Straße bildet, einfach zum Baden! Die Motorräder stellen wir auf eine Insel mitten im Fluss und legen uns mit der gesamten Bekleidung ins kühle Nass - ein Traum. Unbeschwert, unbekümmert können wir tun und lassen, was wir wollen - Freiheit pur! Kein Verkehr, keine Radarfallen, keine Beschränkungen, keine Gesetze, keine Termine, keine Verpflichtungen, keine Sorgen, wir dürfen selbst Verantwortung tragen. Solche Tage bilden die Essenz des Reisens!

Die letzte Unterkunft vor der Grenze finden wir in einer winzigen Ortschaft. Die Ortschaft besteht nur aus einer Straße und ein paar Häusern. Es gibt kein Geschäft und kein Restaurant. Einheimische gehen am Abend nicht schick aus, sondern kochen mit den Familien gemeinsam vor den Häusern. Vor einem typischen Haus sieht man einen großen Herd aus Lehm mit Abstellflächen, Sitzplätzen und Überdachung. Am Abend findet sich die gesamte Familie mit Freunden und Bekannten dort ein und man verbringt einen gemütlichen Abend mit Klatsch und Tratsch. Wir fahren die Straße des Dorfes erfolglos auf und ab, um ein Geschäft bzw. etwas Essbares zu finden. Als eine Familie unsere verzweifelte Futtersuche bemerkt, werden wir sofort eingeladen und ein riesiger Wok wird mit Gemüse und Nudeln gefüllt. Die Hausherrin wirbelt das frische Mahl gekonnt zum Wenden durch die Luft. Schon das Zusehen bereitet uns Freude. Noch etwas Sojasauce und fertig ist ein hervorragendes Festessen. Die Unterhaltung erfolgt hauptsächlich in Pantomime, das stört niemanden. Der Hausherr kann zum Glück etwas Englisch und verwickelt uns gleich in ein Gespräch. Unbedingt möchte er wissen, wie das Leben bei uns zuhause in der riesigen Wüste ist. Wir (versuchen zu) erklären: „Austria - keine Kängurus, keine Wüste". „Ja, aber wie ist es in der Wüste?" Keiner kennt Österreich, jeder glaubt wir sind aus Australien. Wir sind vertraut mit dieser Verwechslung. Ein Versuch, das Missverständnis aufzuklären, ist meist zwecklos. Von der Verwechslung Austria - Australia können Reisende ein Lied singen, am besten ein Lied aus „The Sound of Music". Jeder Mensch auf diesem Planeten kennt die Lieder des in Österreich gedrehten, mit einem Oscar gekrönten, Klassikers „The Sound of Music", nur Österreicher nicht. Die

Österreicher haben oft nicht einmal von dem Film gehört. "Sir, no desert, in Australia, why????", so geht es noch eine Zeit lang weiter. Was soll ich sagen, trocken der Gesprächsstoff, ausgezeichnet das Essen.

Die Grenze naht. Obwohl wir nichts im Schilde führen, haben wir ein mulmiges Gefühl im Magen. Wir haben „vergessen", die Steuern für die Motorräder zu bezahlen und sind entsprechend gespannt, was an der Grenze passieren wird. Wir haben eine Strategie. Der Plan ist, nicht viel Aufsehen zu erwecken, die Formalitäten erst mal zu Fuß zu erledigen und dann schnell die Motorräder nachzuholen - husch über die Grenze. Im Häuschen an der Schranke werden unsere Visa kontrolliert, alles passt, wir bekommen den Ausreisestempel und können weiter. Angekommen am Schlagbaum drehen wir nochmal um und gehen in die andere Richtung, so als hätten wir was vergessen. Statt weiter nach Indien, gehen wir zurück zu den (etwas versteckten) Motorrädern, starten und fahren freundlich grüßend über die Grenze. Der Wachmann am Schlagbaum hatte zuvor gesehen, dass unsere Papiere kontrolliert und abgestempelt wurden. Wir können ohne Probleme passieren und ersparen uns etwas (Touristen)Steuer. An der Indischen Grenze gibt es auch keine Probleme. Wir sind wieder die einzigen, die Papierarbeit erledigen müssen. Alle Einheimischen, egal ob Nepalesen oder Inder, marschieren über die Grenze, als würde es diese nicht geben. Endlich, wir sind zurück in Indien, nein, noch nicht ganz. Ich stecke mit dem Motorrad im Grenzzaun fest. Das hatten wir doch schon!

Letzte Etappe

Eines Mannes Ziel ist niemals ein Ort, sondern eine neue Art, die Dinge zu sehen. – Henry Miller

Wir sind guter Laune, das Wetter ist warm und wir hatten schon lange Zeit keine Probleme mit den Motorrädern. Alles läuft wie am Schnürchen. Unser Plan ist, über Agra, Standort des berühmten Taj Mahal, nach Delhi zu fahren und dem Händler die Motorräder wieder zurückzubringen. Plötzlich höre ich einen markdurchdringenden Schrei. Im Rückspiegel kann ich sehen, wie Martina an den Straßenrand fährt. Sie hüpft wild herum und reißt sich die Kleider vom Leib. Nein, es ist kein afrikanisches Paarungsritual, sondern eine riesige Wespe, die sie unter ihrer Jacke sticht. Die Attacke ist schnell abgewehrt, Martina führt die Fahrt mit doppelt so dickem Arm weiter.

Martina: *Wespe?! Das Tier war doppelt so groß wie eine Hornisse, also eher wie eine Maus oder vielleicht sogar so groß wie eine Taube!*

Ein Rikscha-Fahrer drängt mich von der Straße, ein LKW ignoriert mich und verhilft mir fast zur Reinkarnation, ein Autobus wechselt ohne Ankündigung vom Gegenverkehr auf meine Fahrspur, fixiert mich und fährt Vollgas auf mich los - wir sind zurück in Indien und spüren das Leben wieder intensiv. Je südlicher wir kommen, desto mehr sind wir gezwungen, den Monsun in die Etappenplanung mit aufzunehmen. Der Monsun breitet sich, von Süden her kommend, Richtung Norden aus und wird mit jedem Tag länger und intensiver. Jeden Nachmittag verdunkelt sich der Himmel und ein Wolkenbruch geht über uns nieder. Es gibt kein Entkommen. Die einzige Möglichkeit ist, die Etappe genauso zu planen, dass die Regenphase mit einer Essenspause zusammenfällt. Genau das möchten wir machen. Leider geht der Plan nicht immer auf, oft werden wir innerhalb von Sekunden bis auf die Haut durchnässt. Der Wolkenbruch kommt manchmal so schnell, dass wir es nicht einmal schaffen rechtzeitig eine Bushaltestelle oder eine Dhaba zu finden.

Auf einmal höre ich: „pfffff…..", eine Stunde vor der Dunkelheit, mitten im Nirgendwo, mitten in der Rush-Hour (zur Erinnerung, 3 Fahrzeuge können hier schon eine Stadt lahmlegen), ist mein Hinterreifen platt. Im Dunkeln ist es nicht nur gefährlich zu fahren, es verdreifachen sich auch die Hotelpreise, daher ist schnelles Handeln angesagt. Schnell und Indien passen aber überhaupt nicht zusammen. Als ich schon daran denke, mein Werkzeug auszupacken, entdecken wir einen Stapel Reifen am Straßenrand nicht weit entfernt. Ein Schild „puncture repair" und ein kleiner Schuppen stellen unverkennbar eine professionelle Reifenwerkstatt dar - ein „Puncture-Guru". Nach 6.000 km der erste platte Reifen und das direkt neben einer Werkstatt. Glück im Unglück? Wir schieben das Motorrad zum Schuppen und ich beginne sofort mit dem Ausbau des Hinterreifens. Der Ausbau mit geübten Griffen dauert keine Minute, wir sind ganz alleine auf der Straße, niemand steht im Weg, niemand will helfen. Nach einer Minute sieht das anders aus. Aus Nah und Fern laufen die Leute zusammen. Jeder will die Attraktion sehen, den Kerl aus dem Westen, der genau hier sein

Motorrad zerlegt und noch dazu eine Enfield, das Kult-Motorrad in Indien. Die Menschen werden immer mehr, das Motorrad verschwindet in der Menschenmasse, die Werkstatt und der Schuppen sind nicht mehr zu sehen. Wir werden bedrängt, können uns kaum noch rühren, als Martina eine zündende Idee. Sie nimmt die Kamera, geht einige Meter zur Seite und lockt mit einer Fotosession die Leute zu ihr. Gerne posieren, speziell die Kinder, Grimassen schneidend vor der Kamera. Sie sind total begeistert, wenn sie sich auf dem Display sehen. Der Weg zwischen Motorrad und Werkstatt ist frei, schnell wird der Schlauch geflickt. Ein Löffelstiel (ja ein Löffelstiel) hatte sich in den Mantel und durch den Schlauch gebohrt. Eine Stunde später ist das Problem behoben, eine Stunde Arbeit inkl. Material € 0,70 und wir sind wieder unterwegs.

Inzwischen ist es dunkel und der Verkehr halsbrecherisch. Viele Fahrzeuge sind ohne Beleuchtung unterwegs. Der Schwerverkehr wirbelt so viel Staub auf, man kann nur mit offenem Visier fahren. Bei offenem Visier kommt der Staub direkt in die Augen. Feinstaub gibt es hier nicht, der richtige Ausdruck ist Grobstaub (vom Feinsten), vielleicht sogar schon Schotter! Es sind richtige Körner, die den Weg in die Atmung und in die Augen finden. Die Augen brennen und tränen permanent. Ein kurzer Krach und mein Motor heult auf. Hastig suche ich eine sichere Ausweichstelle, das Motorrad kommt zum Stillstand. Die Kette ist vom Kranz gesprungen. Sie ist schon so ausgeleiert, dass ich von nun an ständig damit rechnen muss, dass sie abspringt. Das Problem ist schnell behoben. Am Zahnkranz fehlen schon so viele Zähne, es ist leicht, die Kette, ohne eine Schraube zu lösen, wieder aufzulegen (Das Spannen der Kette geht nicht mehr, zu lang ist inzwischen die Kette). Rasch weiter, jede Minute in Dunkelheit auf der Straße grenzt an Selbstmord. Sollte die Kette wieder herausspringen, sich verfangen, könnte ich stürzen, aber für solche Gedanken ist keine Zeit. Wir wollen so schnell wie möglich eine Unterkunft finden, diese bewohnbar machen, duschen, essen und schlafen.

Martina: *Die Leute fahren hier ohne Licht. Das wäre ja fahrbar, sobald sich die Augen an die Dunkelheit gewöhnt haben. Aber die Lkws kommen mit hellem Fernlicht entgegen. Dunkel, hell, dunkler, Licht, stockdunkel, blendendes Licht, stockdunkel, .. SCH$W%&! ein Schlagloch, drei Meter breit, einen halben Meter tief, - Schwärze - mit dem Hinterreifen voll gegen die Kante am anderen Ufer. Gleißendes Licht. Bitte nicht noch ein Platten. Dunkelheit. Uff. Ich lebe noch, da bin ich aber froh.*

„Grrrumm…..", Stille, Licht aus, Motor aus, ich rolle wieder an den Straßenrand. Es ist inzwischen stockfinster, man kann nicht die Hand vor den Augen sehen (besonders, nachdem das Licht ausgefallen ist). Und das ist gut so! Es kann uns keiner sehen, niemand eilt zur Hilfe! Martina leuchtet mit ihrem Scheinwerfer, der ist hell genug, um die Umrisse des Motorrads zu erkennen. Sofort kontrolliere ich die Sicherungen, vielleicht handelt es sich um den gleichen Fehler wie zum Beginn der Reise. Fehlanzeige, die Sicherungen sind intakt. Ich starte und starte, plötzlich springt der Motor wieder an, ich sitze auf, der Motor geht aus. Ich starte, sitze auf, der Motor geht aus, ich starte, sitze auf, der Motor geht aus. Die Situation erinnert mich an eine Slapstick-Komödie. Gerne würde ich der Panne mit etwas Humor begegnen, aber mir steht der Sinn einfach nicht danach. Wir hatten einen anstrengenden Tag und er ist noch lange nicht vorbei. Irgendwann läuft sie wieder, die Enfield, die blöde Zicke! Keine Ahnung, warum. Sofort ist die Erinnerung an die anderen Nachtfahrten in Indien wieder lebendig. Einmal tauchte in ihrem Scheinwerferlicht ein Schotterhaufen mitten auf der Autobahn auf oder eine heilige Kuh oder entgegenkommende Fahrzeuge ohne Licht. Wir schaffen es schließlich zu einem Hotel.

Natürlich hatten sich zu fortgeschrittener Stunde, die Zimmerpreise vervielfacht. Plötzlich fallen auch Gebühren wie „Service Charge" oder Taxen an. Im leeren Hotel sind plötzlich nur noch die teuersten Räume frei. Den „Schmäh" kennen wir inzwischen. Zum Glück gibt es direkt gegenüber ein zweites Hotel, ebenfalls ohne Gäste. Keiner der Hotelmanager ist bereit; „normale" Zimmerpreise zu berechnen. Plötzlich habe ich eine Idee. Ich behaupte, beim jeweiligen Nachbarn sei es günstiger und drehte ohne zu Feilschen sofort Richtung Ausgang um. Im Nu ist ein „Discount" möglich, und wir bekommen ein günstigeres Zimmer. Ein unglaublicher Reisetag liegt hinter uns. Die zuletzt angeführten Zwischenfälle ereigneten sich alle in den letzten zwölf Stunden - Adrenalin, Wahnsinn und Abenteuer pur. Nach der gemütlichen Zeit in Nepal müssen wir uns an Indien erst wieder gewöhnen. In Indien verläuft nie ein Tag wie geplant und dieser war noch nicht vorbei. Nach dem Duschen zeigt Martina mir ihren Arm. Sie ist dicht neben der Armbeuge gestochen worden, und der gesamte Arm sieht aus wie aufgeblasen.

Martina: *Ich suche eine Apotheke, die müssen doch eine Antihistaminsalbe haben. Nein, haben sie nicht. Ich bekomme 3 Tabletten - einzeln in einem Papiersackerl.*

Angeblich Antihistamintabletten. Täglich eine. Ich bin skeptisch, bis mir einfällt, dass wir in Apotheken noch nie schlechte Erfahrungen gemacht haben und nehme gleich eine ein. Unseren Dauervorrat an Halsweh-Lutschtabletten füllen wir auch auf. Halsweh haben wir beide mehr oder weniger durchgängig seit Wochen. Die Tablette wirkt und mein Arm wird dünner und tut viel weniger weh. Auch die restlichen juckenden Insektenstiche auf meinem Körper verschwinden, während Mario weiter an der alten sowie an einer neuen Serie Wanzenbisse leidet.

Beim Einschlafen ärgere ich mich noch: „Jetzt fahre ich hier zwei Monate mit dem Motorrad herum und gerade mitten in der Nacht muss die Elektrik wieder ausfallen...!", und schlafe endlich ein.

Wir erreichen Agra, den Sitz des Taj Mahal, das letzte Zwischenziel unserer Himalaya Tour. Wir haben aber inzwischen schon weitere Reisepläne, die uns bis auf die Philippinen führen sollten... Uns verbleiben noch ein Tag in Agra und zwei Tage in Delhi, um die Motorräder wieder zum Händler zu bringen. Die Unterkunftssuche in Agra ist einfach, jeder Reisende macht Halt am Taj Mahal. Entsprechend viele Unterkünfte gibt es zur Auswahl. Wir finden ein wirklich gutes Hotel, sogar mit Tiefgaragenplatz für unsere Adventure-Bikes. Agra entpuppt sich aber als sehr anstrengend. An jeder Seite wird man angesprochen, jeder will einem etwas verkaufen, jeder bietet sich als Führer an, und die Stadt selbst gehört nicht zu den saubersten. Nach dem obligatorischen Besuch des Taj Mahal verbringen wir die Zeit im Hotel und organisieren unsere Weiterreise. Die letzten zwei Monate waren sehr anstrengend und wir haben irgendwie nicht mehr die Energie oder Lust, die

Märkte und Gebäude von Agra im Detail zu erkunden. Wir fühlen uns ausgebrannt, haben zehn Kilo Gewicht verloren und brauchen dringend Urlaub von unserer Reise (Reisen ist nicht Urlaub!).

Auf dem Dach des Hotels nehmen wir das Abendessen zu uns, ausgezeichnetes indisches Essen. Der Sonnenuntergang taucht die Stadt in warmes Rot, eine kühle, leichte Brise weht. Während des Essens können wir das nur wenige hundert Meter entfernte Taj Mahal bestaunen. Als perfekt hätten wir die Situation noch vor einigen Monaten empfunden. Wir sind leider inzwischen „reisemüde", können diese Besonderheit, diesen einzigartigen Moment nicht mehr voll genießen. Uns ärgert, dass der Kellner wegen jedem Getränk zwölf Stockwerke über Leitern ewig lange herumklettert und nicht auf die Idee kommt, die gesamte Bestellung auf einmal aufzunehmen. Auf alles müssen wir eine halbe Ewigkeit warten. Und dann sind da noch die blöden Affen. Witzig am ersten Tag, aber jetzt schon lästig. Ständig muss man Acht geben, dass die blöden Viecher nicht das Essen klauen oder Gegenstände durch das Fenster aus dem Zimmer stehlen.

BALD AM NÄCHSTEN MORGEN treten wir unsere wirklich letzte Etappe nach Delhi an. Zu unserer Erleichterung gibt es seit kurzem eine gute, vierspurige Autobahn direkt von Agra nach Delhi. Nichts kann uns mehr halten, naja, vielleicht die Schranke an der Autobahnauffahrt und der Wärter, der meint, die Autobahn sei nur für mehrspurige Kraftfahrzeuge. Wir fahren jedoch kein einfaches indisches Moped, wir haben Royal Enfield Adventure Bikes! Nichts kann unsere Enfields halten, keine Schranke und kein Wärter. Die Autobahn ist nagelneu und besser als viele Autobahnen in Europa. Außerdem ist sie fast leer. Die Maut ist teuer. Als wir am Formel Eins Ring von Delhi vorbeikommen, wissen wir, es ist nicht mehr weit ins Zentrum. Nur noch eine Stunde halsbrecherischer Verkehr und wir sind zurück in Karol Bagh, dem Ausgangspunkt unseres Abenteuers. In Agra hatten wir unsere Motorräder noch einmal gründlich reinigen lassen, um zumindest optisch den Zustand der Motorräder aufzuwerten. Nach einigen Stürzen und 6.000 km Fahrt in schwierigem Terrain sind die Motorräder sichtlich mitgenommen. Alles sieht kaputt, abgenutzt und ausgeleiert aus. Die Scheinwerfer gebrochen, die Blinker abgefallen, am Antrieb fehlen Zähne, die Bremsen hin, der Starter tot, alles in allem sind die Motorräder nach der Tour aus unserer Sicht Schr... ähm, überholbedürftig.

Angekommen in Karol Bagh, freut sich der Besitzer der Motorräder, diese wieder zu sehen. Sofort werden die Defekte an den Bikes begutachtet und eine Schadensliste erstellt. Der Besitzer lobt den „guten Zustand", keine schlimmen Schäden werden gefunden, und er berechnet uns pauschal € 30.- für etwaige Reparaturen.

Vorbei ist unser Abenteuer. Nein, vorbei ist das Abenteuer noch nicht, das ist Indien. Nichts läuft hier wie geplant.

Diesmal haben wir ein wunderschönes modernes Zimmer erwischt. Und es ist so neu, dass es auch noch relativ sauber ist. Aber ich kann es nicht genießen. Seit Agra fühle ich mich schon angeschlagen. Ich werde immer schwächer und schleppe mich noch ins Hotel, um zu rasten. Es geht mir mit jeder Minute schlechter. Von Fieberschüben geplagt, liege ich einen Tag im Zimmer, hoffe vergeblich auf Besserung doch das Fieber wird immer schlimmer. So kann es nicht weitergehen und ich beschließe, einen Arzt zu suchen. Da wir im Malariagebiet unterwegs sind, möchte ich zumindest eine Blutuntersuchung machen lassen. In den engen Seitengassen in der Nähe des Bahnhofs sind viele Arztpraxen zu finden, jedoch ist keiner in der Lage, eine professionelle Untersuchung durchzuführen. Schließlich werden wir doch fündig. In einer kleinen, schmuddeligen Nebengasse ist eine winzige Arztpraxis, wo der Arzt bereit ist, mein Blut in ein Labor zu bringen. Die Spritze ist Einweg - Gottseidank - denn der Wattebausch zum Desinfizieren kommt aus einer Dose mit vielen anderen Wattebäuschchen, die in einer nicht mehr farblosen Flüssigkeit schwimmen. Die komische Farbe des Alkohols erklärt sich, als der Arzt meinen Bausch herausfischt und ausdrückt. Die Flüssigkeit tropft zurück in den Behälter und die Finger des Arztes sind jetzt auch gewaschen. Am nächsten Tag soll ich wiederkommen, um das Laborergebnis zu besprechen.

Sichtlich angeschlagen und schwach, vom fiebrigen Schüttelfrost gebeutelt, sitze ich also in der schon erwähnten kleinen Kammer und der vor Freude strahlende Arzt verkündet mir: „No Malaria - only a little bit of typhus!". Typhus? Ist das jetzt besser als Malaria? Wir lassen uns die Untersuchungsergebnisse von Dr. Google erklären. Typhus Antikörper bedeuten nicht, dass man ernsthaft an Typhus erkrankt ist - Erleichterung.

Unser Notfall-Breitband-Antibiotikum von zu Hause hilft mir glücklicherweise schnell wieder auf die Sprünge. In den letzten Stunden in Indien verpacken wir noch unsere Bergausrüstung und Schlafsäcke in große Reissäcke, um sie per Post zurück nach Österreich zu schicken. Wo es jetzt hingeht, brauchen wir nur noch kurze Hosen und Badesachen. Wir sind schon gespannt auf die Philippinen. Und dass wir die Ausrüstung in den Anden Südamerikas für unser Abenteuer, die Überquerung der Anden der Länge nach, von Patagonien bis in die Karibik, doch wieder benötigen werden, können wir zu dem Zeitpunkt noch nicht wissen.

Ein Tuk-Tuk bringt uns zum Flughafen, unser Himalaya Abenteuer ist endgültig vorbei.

Unheilbar krank

...the difference between driving a car and climbing onto a motorcycle is the difference between watching TV & actually living your life - Dave Karlotski

Mein Fieber konnte ich seither nicht mehr kurieren, täglich schütteln mich noch Fieberschübe. Die Ursache ist inzwischen klar, glasklar. Nicht Typhus oder Malaria plagen mich, sondern Reisefieber Typ A, der schlimmsten Form. Es vergeht kein Tag, an dem ich nicht abenteuerliche Reisepläne schmiede. Kein Tag, an dem ich nicht in Gedanken den Yukon befahre oder die Motorräder entlang der „Road of Bones" quäle.

Während ich diese letzten Zeilen verfasse, liege ich nach einem Motorradunfall mit vierfach gebrochenem Finger im Unfallkrankenhaus Graz. Auch zu Hause ist es nicht ungefährlich - ich wurde auf dem Weg zur Arbeit von einem Autofahrer übersehen. Im Foyer des Krankenhauses befindet sich eine überdimensionale Weltkarte. In den Zeiten zwischen den Behandlungen stehe ich, mit der rechten Hand in einer Armschlinge, mit weit offenen Augen vor der Karte und verspüre in diesen Momenten keine Schmerzen. Meine Gedanken sind auf Reisen.

„Nein, von Pakistan komme ich nicht durch Afghanistan nach Tajikistan. Was ist mit dem Karakorum durch China?" „Nein, zu teuer." „Kann man durch Turkmenistan?" "Zu viel Umweg, da könnte ich gleich über Afrika fahren." „Moment, die Grenzen zwischen Ruanda und Uganda sind wieder offen!" „Wie verläuft nochmal die Strecke von Kinshasa nach Nairobi?" „Warum ist Kinshasa auf der Karte des Krankenhauses nicht verzeichnet?"- UNHEIL-BAR KRANK. Noch etwas ist klar, Martina und ich gehören zusammen wie Andreas Gabalier und Ohropax.

***

Eine ergänzende Foto-Galerie zu diesem Himalayareisebuch
finden Sie zum komfortablen Durchklicken unter:
https://reisebuch.de/reiseziele/himalaya.html

Weitere Motorrad-Abenteuer aus dem Reisebuch Verlag

Es sollte eine kleine Auszeit werden, einfach aufsitzen und losfahren, immer weiter nach Norden bis zum Nordkap.

Mit diesen Gedanken startet Christian Jenkner seine Tour im heimischen Österreich mit einem nicht ganz alltäglichen Motorrad, einer russischen, schon etwas betagten Dnepr.

Taschenbuch mit 160 Seiten, 11,80€
(E-Bookausgabe 5,99€)

ISBN-13: 978-3947334391

Erhältlich bei amazon und überall im Buchhandel!